U0733623

爱的徒劳

【英】莎士比亚 著

朱生豪 译

朱尚刚 审订

中国青年出版社

献 辞

谨以此书献给

父亲朱生豪诞辰 100 周年！

——朱尚刚

本书系

朱尚刚先生推荐的

莎士比亚戏剧朱生豪原译本

目录

出版说明

莎士比亚戏剧朱生豪原译本
珍藏全集

"莎士比亚戏剧朱生豪原译本珍藏全集"丛书，其中27部是根据1947年（民国三十六年）世界书局出版、朱生豪翻译的《莎士比亚戏剧全集》（三卷本）原文，四部历史剧（《约翰王》、《理查二世的悲剧》、《亨利四世前篇》、《亨利四世后篇》）是借鉴1954年作家出版社出版、朱生豪翻译的《莎士比亚戏剧集》（十二），同时参考其手稿出版的。

朱生豪翻译莎士比亚戏剧以"保持原作之神韵"为首要宗旨。他的译作也的确实现了这个宗旨，以其流畅的译笔、华赡的文采，保持了原作的神韵，传达了莎剧的气派，被誉为翻译文学的杰作，至今仍受到读者的热烈欢迎和学界的高度评价。许渊冲曾评价说，二十世纪我国翻译界可以传世的名译有三部：朱生豪的《莎士比亚全集》、傅雷的《巴尔扎克选集》和杨必的《名利场》。

于是，朱生豪译本成为市场上流通最广的莎剧图书，发行量达数千万册。但鲜为人知的是，目前市场上有几十种朱译莎剧的版本，虽然都写着"朱生豪译"，但所依据的大多是人民文学出版社1978年的"校订本"——上世纪60年代初期，人民文学出版社组织一批国内一流专家对朱生豪原译本进行校订和补译，1978年出版成"校订本"——经校订的朱译莎剧无疑是对原译本的改善，但在某种意义上来说，校订者和原译者的思维定式和语言习惯不同，因此经校订后的译文在语言风格的一致性等方面受到了影响，还有学者对某些修改之处也提出存疑，尤其是以"职业翻译家"的思维方式，去校订和补译"文学家翻译"的译本语言，不但改变了朱生豪原译之味道，也可能在一定程度上影响了莎剧"原作之神韵"的保持。

当流行的朱译莎剧都是"被校订"的朱生豪译本时，时下读者鲜知人文校订版和"朱生豪原译本"的差别，错把冯京当马凉，几乎和本色的朱生豪译作失之交臂。因此，近年来不乏有识之士呼吁：还原朱生豪原译之味道，保持莎剧原作之神韵。

中国青年出版社根据朱生豪后人朱尚刚先生推荐的原译版本，对照朱生豪翻译手稿进行审订，还原成能体现朱生豪原译风格、再现朱译莎剧文学神韵的"原译本"系列，让读者能看到一个本色的朱生豪译本（包括他的错漏之处）。

1947 年（民国三十六年），世界书局首次出版朱生豪译的《莎士比亚戏剧全集》时，曾计划先行出版"单行本"系列，朱生豪夫人宋清如女士还为此专门撰写了"单行本序"，后因直接出版了三卷本的"全集"，未出单行本而未采用。2012 年，朱生豪诞辰 100 周年之际，经朱尚刚先生授权，以宋清如"单行本序"为开篇，中国青年出版社"第一次"把朱生豪原译的 31 部莎剧都单独以"原译名"成书出版，制作成"单行本珍藏全集"。

谨以此向"译界楷模"朱生豪 100 周年诞辰献上我们的一份情意！

2012 年 8 月

《莎剧解读》序（节选）

我们在翻译中，首先碰到的问题就是评论中所引用的莎士比亚原文，究竟由我们自己翻译出来，还是借用接任已有的翻译。我们决定借用别人的译文。当时译出的莎剧已经不少，译者大多都是名家，但我们毫不迟疑地选择了朱生豪的译本。朱的译本于抗战时期在世界书局出版，装订为三厚册。他翻译此书时，年仅三十多岁。他不顾当时环境艰苦，条件简陋，以极大的毅力和热忱，完成了这项难度极高的巨大工程，真是令人可敬可服。一九五四年，人民文学出版社将它再版重印，分为十二册，文字没有作什么更动，只是将有些剧本的名字改得朴素一点。我们在翻译莎剧评论时，所援引的原著译文就是根据这一版本。当时我见到主持出版社工作的老友适夷，对他说，他办了一件好事。不料后来，出版社却把这一版本停了，改出新的版本。新版本补充了朱生豪未译的几个历史剧，而对朱译的其他各剧，则请人再据原文校改。校改者虽然大多尊重原译，但是在个别文字上也作了不少订正。从个别字汇来看，不能说这些订正不对，校改者所订正的某些字，确实比原译更确切。但从整体来看，还有原译的精神面貌问题，即传神达旨的问题必须加以考虑。拘泥原著每个字的准确性，不一定就更能传达原著的总体精神面貌。相反，有时甚至可能会损害原著的整体精神。我国古代文论中，刘勰有所谓"谨发而易貌"的说法，即是指此。这意思是说，画家倘拘泥于去画人的每根头发，反而是会使人的面貌走样。汤用彤曾说魏晋识鉴在神明。从那时起我国审美趣味十分重视传神达旨。刘知几《史通》区分了貌同心异与貌异心同两种不同的模拟，认为前者为下，后者为上，也是阐明同一道理。过去我们的翻译理论强调直译，这在一定时期（或在纠正不负责任随心所欲的意译之风时）是必要的，但如果强调过头，忽略传神达旨的重要，那也成为另一种一偏之见了。朱译在传神达旨上可以说是首屈一指的，所以我们翻译莎剧评论引用原剧文字时，仍用未经动过的朱译。我们准备这样做也得到了满涛的同意。后来他在翻译中倘遇到莎剧文字，也同样援用一九五四年出的朱译本子。直到后来，我才知道，朱生豪和我少年时代的老师任铭善先生是大学的同学而且友善，二人在校时即同组诗社唱和。有趣的是任先生学的是外文，后来却弃外文而专攻国学；而朱生豪在校时，读的是中文，后来却弃中文而投身莎士比亚的翻译。朱的译文，不仅优美流畅，而且在韵味、音调、气势、节奏种种行文微妙处，莫不令人击节赞赏，是我读到莎剧中译的最好译文，迄今尚无出其右者。

（此部分摘录自歌德等著，张可、王元化译的《莎剧解读》，经王元化家属桂碧清女士特别授权使用。）

莎氏剧集单行本序[①]

文/宋清如

盖惟意志坚强，识见卓越之士，为能刻苦淬砺，历艰难而不退，守困穷而不移，然后成其功遂其业。吾于生豪之译莎氏剧本全集，亦不得不云然。余识生豪久，知生豪深，洞悉其译莎剧之始末。且大部之成，余常侍其左右，故每念其沥尽心血，未及完工，竟以身殉，恒不自禁其哀怨之切也。

生豪秀水人，幼具异禀，早失怙恃，性情温和若女子。然意志刚强，识见卓越，平生无嗜好，洁身自爱，不屑略涉非礼，颇有伯夷之风。年十八卒业于邑之秀州中学，入杭州之江大学工国文英文两科，师友皆目为杰出之人才。卒业后于世界书局任英文编辑，每公事毕辄浏览群书，尤嗜诗歌。后乃悉心研究莎氏剧本，从事移植。尝谓莎翁著作足以冠盖千古，超越千古，而我国至今尚无全集之译本，诚足令人齿

---

① 1947年世界书局曾经考虑在出版三卷本的《莎士比亚戏剧全集》前先出系列单行本，为此宋清如女士专门拟写了序。后来世界书局没有出单行本，直接出全集了，这篇序也就没有采用。经朱尚刚先生授权，首次在珍藏版莎士比亚戏剧系列单行本上独家采用。——编者注

冷。余决勉为其难，一洗此耻。其译作之经过，略见于其自序。厥后因用心过度，精神日损而贫困日甚。译事伤其神，国事家事短其气，而孜孜矻矻工作益勤，操心益苦。不幸竟于三十三年六月肺疾加剧，委顿床席，奔走无方，医药不继，终致于十二月廿六日未时谢世，年仅三十又四①。莎剧全集尚缺五本又半，抱志未酬，哀哉痛哉！

生豪喜诗歌，早年著作均失于战火。尝自辑其旧体诗歌，釐为四卷，分歌行、漫越、长短句及译诗，而命之谓《古梦集》。新体诗则有《小溪集》、《丁香集》等。皆于中美日报馆被占时失去。今所存仅少数新诗耳。

自致力译莎工作以后，绝少写作。良以莎翁作品使之心醉神往，反觉己之粗疏浅陋，不能自慊于怀。尝拟于莎剧全集译竣而后，再译莎翁十四行诗。不意大业未就，遽而弃世。才人命蹇，诚何痛惜！生豪于中国诗人中，酷爱渊明，盖其恬淡之性，殊多同趣也。至于译笔之优劣短长，自有公论，余不欲以偏见淆其面目也。

---

① 朱生豪生于1912年2月（阴历为壬子年12月），1944年12月去世，去世时是32周岁，但若按阴历虚岁计算的话，就是34岁。——编者注

剧中人物

蒂第南——拿伐国王

裴朗
郎格维 }——国王侍臣
杜曼

鲍益
马凯特 }——法国公主侍臣

唐·亚特里安诺·特·阿美陀——一个怪诞的西
班牙人

挪坦聂尔——教区牧师

霍罗芬斯——塾师

特尔——巡丁

考斯他特——乡人

毛子——阿美陀的侍童

管林人

法国公主

罗瑟玲
玛莉霞 }——公主侍女
凯萨琳

雅昆妮妲——村女

官吏，侍从等

地点

拿伐

第一幕

饱了肚皮，饿了头脑；美食珍馐可以充实肌肤，却会闭塞心窍。

第一场　拿伐王御苑

【国王，裴朗，郎格维及杜曼上。

王　　　让众人所追求的名誉永远纪录在我们的墓碑上，使
　　　　我们在死亡的耻辱中获到不朽的光荣；不管饕餮的
　　　　时间怎样吞噬着一切，我们要在这一息尚存的时候，
　　　　努力博取我们的声名，使时间的镰刀不能伤害我们，
　　　　我们的生命可以终了，我们的名誉却要永垂万古。
　　　　所以，勇敢的战士们，——因为你们都是向你们自
　　　　己的感情和一切俗世的欲望奋勇作战的英雄，——
　　　　我们必须把我们最近的敕令严格实行起来：拿伐将
　　　　要成为世界的奇迹；我们的宫庭将要成为一所小小
　　　　的学院，潜心探讨有益人生的学术。你们三个人，
　　　　裴朗、杜曼、和郎格维，已经立誓在这三年之内，
　　　　跟着我在一起生活，做我的共同研究的学侣，并且
　　　　绝对遵守这一纸戒约上所规定的种种条文：你们的
　　　　誓已经宣过；现在就请你们签下自己的名字，谁要
　　　　是破坏了这戒约上最微细的一枝一节，让他亲手撕

毁他自己的荣誉。要是你们已经下了最大的决心，
愿你们一意遵行，无渝斯盟。

郎　　我已经决定了。左右不过是三年的长斋；身体虽然
憔悴，精神上却享受着盛筵。饱了肚皮，饿了头脑；
美食珍馐可以充实肌肤，却会闭塞心窍。

杜　　陛下，杜曼已经抑制了他的情欲；他把世间一切粗
俗的物质的欢娱丢给凡夫俗子们去享受。恋爱、财
富、和荣华把人暗中催老；我要在哲学中间找寻生
命的奥妙。

裴　　我所能够说的话，他们两人都已经说过了。我已经
发誓，陛下，在这儿读书三年；可是其他严厉的戒条，
例如在那时期以内，不许见一个女人，这一条我希
望并不包括在内；还有每一星期中有一天不许接触
任何食物，平常的日子每天只有一餐，这一条我也
希望并不包括在内；还有晚上只许睡三小时，白天
不准瞌睡，这一条我也希望并不包括在内，因为我
一向总以为从天黑睡到天白，再把半个白昼当作黑
夜，不会妨碍别人什么事的。啊！这些是太难的题
目，叫人怎么办得到？不看女人尽读书，不吃饭又

不许睡觉!

王　你在宣誓的时候，已经声明遵守这些条件了。

裴　请陛下恕我，我并没有发这样的誓。我只发誓陪着
陛下读书，在您的宫庭里居住三年。

郎　除了这一点以外，裴朗，其余的条件你也都发誓遵
守的。

裴　那么，先生，我只是开顽笑说说的。我倒要请问请问，
读书的目的究竟是什么？

王　知道我们所不知道的事情。

裴　您的意思是说那些为我们常识所不能窥察的事情吗？

王　正是，那就是读书的莫大的报酬。

裴　好，那么我要发誓苦读，把天地间的奥秘勤搜冥索：
当煌煌的禁令阻止我宴乐的时候，我要知道什么地
方可以填满我的饥肠，当我们的肉眼望不见一个女
人的时候，我要知道什么地方可以遇见天仙般的姑
娘；要是我发了一个难以遵守的誓言，我要知道怎
样可以一边叛誓，一边把我的信誉保全。要是读书
果然有这样的用处，你能向我发誓保证，我一定踊
跃从命，决无二语。

王　这些是学问途中的障碍，引导我们的智慧去追寻无聊的愉快。

裴　一切愉快都是无聊；最大的无聊却是为了无聊费尽辛劳。你捧着一本书苦苦钻研，为的是追寻真理的光明；真理的光明还远在天边，你已经盲去了自己的眼睛。我宁愿消受眼皮上的供养，把美人的妙目恣情鉴赏，那脉脉含情的夺人光艳，可以扫去我眼中的雾障。学问就像是高悬中天的日轮，愚妄的肉眼不能测度它的高深；孜孜矻矻的腐儒白首穷年，还不是从前人书本里掇拾些片爪寸鳞？那些自命不凡的文人学士，替每一颗星球取下一个名字；可是在众星吐辉的夜里，灿烂的星光一样会照射到无知的俗子。过分的博学无非浪博虚声；每一个教父都会替孩子题名。

王　他反对读书的理由多么充足！

杜　他用巧妙的言辞阻善济恶！

郎　他让莠草蔓生，刈除了嘉谷！

裴　春天到了，小鹅孵出了蛋壳！

杜　这句话是怎么接上去的？

裴　　各得其时，各如其分。

杜　　一点意思都没有。

裴　　聊以凑韵。

王　　裴朗就像一阵冷酷无情的霜霰，用他的利嘴咬死了
　　　春天初生的婴孩。

裴　　好，就算我是；要是小鸟还没有啭动它的新腔，为
　　　什么要让盛夏夸耀它的荣光？我不愿冰雪遮掩了五
　　　月的花天锦地，也不希望蔷薇花在圣诞节含娇弄媚；
　　　万物都各自有它生长的季节，太早太迟同样是过犹
　　　不及。你们到现在才去埋头功课，等于爬过了墙头
　　　去拨开门上的键锁。

王　　好，那么你退出好了。回家去吧，裴朗，再会！

裴　　不，陛下；我已经宣誓陪着您在一起；虽然我说了
　　　这许多话为无知的愚昧张目，使你们理竭词穷，不
　　　能为神圣的知识辩护，可是请相信我，我一定遵守
　　　我的誓言，安心忍受这三年的苦行。把那纸儿给我，
　　　让我一条一条读下去，在这些严厉的规律下面把我
　　　的名字签署。

王　　你这样回心转意，免去了你终身的耻辱！

裴　　"第一条，任何女子不得进入离朕宫庭一哩之内。"
　　　　这一条有没有公布？

郎　　已经公布四天了。

裴　　让我们看看违禁的有些什么处分。"如有故违，割
　　　　去该女之舌示儆。"这惩罚是谁定出来的？

郎　　不敢，是我。

裴　　好大人，请问您的理由？

郎　　她们看见了这样可怕的刑罚，就会吓得不敢来了。

裴　　好一条野蛮的法律！"第二条，倘有人在三年之内，被
　　　　发见与任何女子交谈，当由其他与盟者共同议定最
　　　　严厉之办法，予以公开之羞辱。"这一条，陛下，您
　　　　自己就要破坏；您知道法国国王的女儿，一位端
　　　　庄淑美的姑娘，就要奉命到这儿来，跟您交涉把亚
　　　　圭丁归还给她的老迈衰弱，卧病在床的父亲了；所
　　　　以这一条规律倘不是等于虚设，就只好让这位众人
　　　　赞慕的公主白白跋涉了这一趟。

王　　你们怎么说，各位贤卿？这一件事情我全然忘了。

裴　　读书人总是这样舍近而望远，当他一心研究着怎样
　　　　可以达到他的志愿的时候，却把眼前所应该做的事

情忘了；等到志愿成就，正像用火攻夺取城市一样，得到的只是一堆灰烬。

王　　为了事实上的必要，我们只好废止这一条法令；她必须寄宿在我们的宫庭之内。

裴　　事实上的必要将使我们在这三年之内毁誓三千次，因为每个人都是生来就有他自己的癖好，不是外力所能把它压制的。要是大家以"事实上的必要"为借口，什么都可以为所欲为，那我们还要发什么誓呢？我在这儿签下我的名字，全部接受这一切规律；（签名）谁要是违反了戒约上最微细的一枝一节，让他永远不齿于人口。倘然别人受到诱惑，我也会同样受到诱惑；可是我相信，虽然今天你们看我这样不情不愿的，我一定是最后毁誓的一个。可是戒约上有没有允许我们可以找些有趣的消遣呢？

王　　有，有。你们知道我们的宫庭里来了一个文雅的西班牙游客，他的身上包罗着全世界各地的奇腔异调，他的脑筋里收藏着取之不竭的古怪的辞句；从他自负不凡的舌头上吐出来的狂言，在他自己听起来就像迷人的音乐一样使他沉醉；一个富有才能，善于折衷是非的人。这个幻想之儿，名字叫做阿美陀的，将要在我们读书的余暇，用一些夸张的字句，给我们讲述人世所罕闻的热带之国西班牙武士们的伟绩。我不知道你们喜不喜欢他；可是我自己很爱听他说诳，我要叫他作我的行吟诗人。

裴　阿美陀是一个最出色的家伙；他会用崭新的字句，一个十足时髦的武士。

郎　考斯他特那村夫和他配成一对，可以替我们制造无穷的笑料；这样读书三年也不会觉得太长。

【特尔持信及考斯他特同上。

特　那一位是王上自己？

裴　这一位便是，家伙。你有什么事？

特　我自己也是代表王上的，因为我是王上陛下的巡丁；可是我要看看王上的本身。

裴　这便是他。

特　阿姆——阿姆——先生问候陛下安好。外边有人图谋不轨；这封信可以告诉您一切。

考　　陛下，这封信里所提起的事情是跟我有关系的。

王　　从伟大的阿美陀写来的信！

裴　　不管内容多么啰嗦，我希望它充满了夸大的字眼。

郎　　上帝给我们忍耐吧！

裴　　耐着听，还是忍住笑？

郎　　让我们不要听得太出神，也不要笑得太起劲。

裴　　好，先生，我们应该怎么笑法，还是让文章的本身
　　　替我们决定吧。

考　　这一回的事情，先生，是关于我跟雅昆妮姐两个人
　　　的。他们看见我在庄园里陪着她坐在田场上，又跟着
　　　她走进了御苑里，就把我抓起来了。上帝保佑好人！

王　　你们愿意用心听我读这一封信吗？

裴　　我们愿意洗耳恭听，就像它是天神的圣谕一般。

考　　愚蠢的世人最爱听邪人的乱说。

王　　"上天的伟大的代理人，拿伐的唯一的统治者，我的
　　　灵魂的地上的真神，我的肉体的养育的恩主，——"

考　　还没有一个字提起考斯他特。

王　　"事情是这样的，——"

考　　也许是这样的；可是假如他说是这样的，那也不过

是这样一回事。

王　　闲嘴！

考　　像我们这种安分守己，不敢跟人家打架的人，只好
　　　把一张嘴闭起来。

王　　不许说话！

考　　我求求你们，别人的私事还是少提为妙。

王　　"事情是这样的，我因为被黑色的忧郁所包围，想
　　　要借着你的令人康健的空气的最灵效的医药，祛除
　　　这一种阴沉的重压的情绪，所以凭着我的绅士的身
　　　分，使我自己出外散步。是什么时间呢？大约在六
　　　点钟左右，正是畜类纷纷吃草，鸟儿成群啄食，人
　　　们坐下来享受那所谓晚餐的一种营养的时候：以上
　　　说明了时间。现在要说到什么场所；我的意思是说
　　　我散步的场所；那是称为你的御苑的所在。于是要
　　　说到什么地点；我的意思是说我在什么地点碰到这
　　　一桩最淫秽而荒谬的事件，使我从我的雪白的笔端
　　　注出了乌黑的墨水，成为现在你所看见、察阅、诵读、
　　　或者浏览的这一封信。可是说到什么地点，那是在
　　　你的曲曲折折的花园里的西边角上东北偏北而略近

东首的方向，就在那边我看见那卑鄙的村夫，那可发一笑的下贱的小鱼，——"

考　　我。

王　　"那没有教育孤陋寡闻的灵魂，——"

考　　我。

王　　"那浅薄的东西，——"

考　　还是我。

王　　"照我所记得，考斯他特是他的名字，——"

考　　啊，我。

王　　"公然违反你的颁布晓谕的诏令和禁抑邪行的法典，跟一个——跟一个——啊！跟一个说起了就使我万分气愤的人结伴同行，——"

考　　跟一个女人。

王　　"跟一个我们祖母夏娃的孩儿，一个阴人；或者为了使你格外明白起见，一个女子。受着责任心的驱策，我把他交给陛下的巡丁安东尼·特尔，一个在名誉、态度、举止、和信用方面都很优良的人，带到你的面前，领受应得的惩戒。——"

特　　禀陛下，我就是安东尼·特尔。

王　　　"至于雅昆妮妲，——因为这就是那和前述村夫同
　　　　时被我捕获的脆弱的东西的名称，——我让她等候
　　　　着你的法律的威严；一得到你的最轻微的传谕，我
　　　　就会把她带来受审。抱着燃烧全心的忠诚，你的仆
　　　　人唐·亚特里安诺·特·阿美陀敬上。"

裴　　　这封信还不能适如我的预期，可是在我所曾经听到
　　　　过的书信中间，这不失为最有趣的一封。

王　　　是的，这是古今恶札中的杰作。喂，你对于这封信
　　　　有什么话说？

考　　　陛下，我承认是有这么一个女人。

王　　　你听见谕告吗？

考　　　我听是很听见的，不过没有十分注意。

王　　　谕告上说，和妇人在一起而被捕，处以一年之监禁。

考　　　我不是和妇人在一起，陛下，我是跟一个姑娘在一起。

王　　　好，谕告上姑娘也是包括在内的。

考　　　这也不是一个姑娘，陛下；她是个处女。

王　　　处女也是包括在内。

考　　　那么我就否认她是个处女，我是跟一个女孩子在一起。

王　　　女孩子不女孩子，尽你怎么说都是没有用的。

考	这女孩子对我很有用呢，陛下。
王	听我的判决：你必须禁食一星期，每天吃些糠喝些水。
考	我宁愿祈祷一个月，每天吃些羊肉啜些粥。
王	唐·阿美陀将要做你的看守人。裴朗贤卿，你监视着把他交送过去。各位贤卿，我们现在就去把我们彼此坚决立誓的事情实行起来。（王、郎、杜同下）
裴	我愿意用我的头打赌无论那一个人的帽子，这些誓约和戒律不过是一场无聊的笑柄。喂，来。
考	我是为了真理而受难，先生；因为我跟雅昆妮姐在一起而被他们捉住，这是一件真实的事实，而且雅昆妮姐也是一个真心的女孩子。所以欢迎，幸运的苦杯！痛苦也许再会有一天露出笑容；现在，坐下来吧，悲哀！（同下）

第二场 同前

【阿美陀及毛子上。

阿 孩子，一个精神伟大的人要是变得忧郁起来，会有些什么征象？

毛 他会显出悲哀的神气，主人，这是一个伟大的征象。

阿 忧郁和悲哀不是同样的东西吗，亲爱的小鬼？

毛 不，不，主啊！不，主人。

阿 你怎么可以把悲哀和忧郁分开，我的柔嫩的青年？

毛 我可以从作用上举出很普通的证明，我的粗硬的长老。

阿 为什么是粗硬的长老？为什么是粗硬的长老？

毛 为什么是柔嫩的青年？为什么是柔嫩的青年？

阿 我说你是柔嫩的青年，因为这是对于你的弱龄的一个适当的名称。

毛 我说您是粗硬的长老，因为这是对于您的老年的一个合宜的尊号。

阿 我已经答应陪着王上研究三年。

毛 主人，您用不到一点钟的功夫，就可以把它研究出来。

阿 　不可能的事。

毛 　一的二倍是多少？

阿 　我不会计算；那是堂倌酒保们干的事。

毛 　主人，您是一位绅士，也是一位赌徒。

阿 　这两个名义我都承认；它们都是一个堂堂男子的
　　标识。

毛 　那么我相信您一定知道两点加一点一共几点。

阿 　比两点多一点。

毛 　那在下贱的俗人嘴里是称为三点的。

阿 　不错。

毛 　瞧，主人，这不是很容易的研究吗？您还没有霎过
　　三次眼睛，我们已经把三字研究出来了；要是再在
　　"三"字后面加上一个"年"字，一共两个字，不
　　是一点不费力就可以把它们研究出来的吗？

阿 　我承认我是在恋爱了；一个军人而恋爱是一件下流
　　的事，所以我恋爱着一个下流的女人。要是我向爱
　　情拔剑作战，可以把我从这种堕落的思想中间拯救
　　出来的话，我就要把欲望作为我的俘虏，让无论那

一个法国宫庭里的朝士用一些新式的礼节把它赎去。我不屑于叹气，我想我应该发誓把邱必特克服。安慰我，孩子；那几个伟大的人物是曾经恋爱过的？

毛　　赫邱里斯①，主人。

阿　　最亲爱的赫邱里斯！再举几个例子，好孩子，再举几个；我的亲爱的孩子，你必须替我举几个赫赫有名的人。

毛　　参孙②，主人；他曾经像一个脚夫似的，把城门负在背上；他也是恋爱过的。

阿　　啊，结实的参孙！强壮的参孙！你在剑法上不如我，我在背城门这一件事情上也不如你。我也在恋爱了。谁是参孙的爱人，我的好毛子？

毛　　一个女人，主人。

阿　　是什么肤色的女人？

毛　　一共四种肤色，也许她四种都有，也许她有四种之中的三种、两种、或是一种颜色。

_____

① 赫邱里斯（Hercules），希腊神话中的著名英雄。——译者注
② 参孙（Samoson），《圣经》中的大力士，见《旧约·士师记》。——译者注

阿　　　正确一些告诉我她的皮肤是什么颜色?

毛　　　是海水一样碧绿的颜色，主人。

阿　　　那也是四种肤色中的一种吗?

毛　　　我在书上是这样读过的，主人;最好看的女人都是
　　　　　这种颜色。

阿　　　绿的确是情人们的颜色;可是我想参孙会爱上一个
　　　　　绿皮肤的女人，却是不可思议的。我的爱人的肤色
　　　　　是白白净净，红红嫩嫩的。

毛　　　最污秽的思想，主人，都是藏匿在这种颜色之下的。

阿　　　说出你的理由来，懂事的婴孩。

毛　　　我的父亲的智慧，我的母亲的舌头，帮助我!

阿　　　一个孩子的可爱的祷告，非常佳妙而动人!

毛　　　要是她的脸色又红又白，

　　　　　你永远不会发现她犯罪，

　　　　　因为白色表示惊恐惶迫，

　　　　　绯红的脸表示羞耻惭愧;

　　　　　可是她倘然犯下了错误，

　　　　　你不能从她的脸上看出，

　　　　　因为红的羞愧白的恐怖，

都是她天然生就的颜色。

这几行诗句，主人，可以证明白和红是两种危险的颜色。

阿　孩子，不是有一支谣曲歌咏着国王恋爱丐女的故事吗？

毛　大概在三个世代以前，曾经流行着这么一支恶劣的谣曲；可是我想它现在已经亡失了；即便还有人记得，也是写不出来，而且不能歌唱的。

阿　我要把那题目重新写成一首诗，使它作为我的迷恋的一个有力的前例。孩子，我真的爱上了那个我在御苑里跟那村夫考斯他特一起捉住的乡下姑娘；她应该有一个好好的人照顾她。

毛　（旁白）她应该好好抽一顿鞭子；可是她应该有一个比我的主人更好的情郎。

阿　唱吧，孩子；我的心灵因为爱情而沉重起来了。

毛　那是一件大大的奇事，因为您爱的是一个轻狂的女人。

阿　我说，唱吧。

毛　等这班人过去了再唱吧。

【特尔，考斯他特，及雅昆妮妲上。

特　　先生，王上的旨意，叫你把考斯他特看守起来；他每
　　　　星期必须禁食三天。讲到这一位姑娘，我必须让她
　　　　留在御苑里挤牛乳。再会！

阿　　我羞得满脸都红了。姑娘！

雅　　汉子？

阿　　我要到你居住的地方来看看你。

雅　　那就在附近。

阿　　我知道它的所在。

雅　　主啊，你是多么聪明！

阿　　我要告诉你奇怪的事情。

雅　　凭着你这一副嘴脸吗？

阿　　我爱你。

雅　　我已经听见你说过了。

阿　　再会！

雅　　愿你平安！

特　　来，雅昆妮妲，去吧！（特及雅下）

阿　　混蛋，你干了这样的坏事，非把你禁食起来不可。

考　　呃，先生，我希望您让我在禁食以前先吃一个饱。

阿　　我们要把你重重惩罚一下。把这混蛋带下去；把他关起来。

毛　　来，你这胡作非为的奴才；去！

考　　好，要是我有一天恢复了自由，我要叫有的人看看，——

毛　　叫有的人看看什么？

考　　不，没有什么，毛子少爷；他们爱看什么就看什么。做了囚犯是不能一声不响的，所以，我还是不要多说什么的好。谢谢上帝我是个没有耐性的人，所以我会安安静静住在牢里。（毛及考下）

阿　　我爱上了那被她穿在她的卑贱的鞋子里的更卑贱的脚所践踏的最卑贱的地面。要是我恋爱了，我将要破坏誓约，那就是说了一句虚伪的诳。虚伪的诳怎么可以换到真实的爱呢？爱情是一个魔鬼。可是参孙也曾被它引诱，他是个力气很大的人；所罗门①也曾被它迷惑，他是个聪明无比的人。赫邱里斯的巨棍也敌不住邱必特的箭镞，所以一个西班牙人的

———————

① 所罗门（Solomon），古代以色列哲王，以智慧著称。——译者注

宝剑怎么能够对抗得了呢？不消一两个回合，我的剑法就要完全散乱了。他的耻辱是被人称为孩子；他的光荣却是征服成人。别了，勇气！锈了吧，宝剑！静下来，战鼓！因为你们的主人在恋爱了；是的，他恋爱了。即景生情的诗神啊，帮助我！因为我相信我要写起十四行诗来了。想吧，智慧；写吧，笔！我有足够的诗情，可以写满几大卷的二开大本呢。（下）

第二幕

谨守那样一个无聊的誓，真是一桩极大的罪恶，虽然毁弃它也同样是一桩罪恶。

第一场 拿伐王御苑；远处设大小帐幕

【法国公主，罗瑟玲，玛莉霞，凯萨琳，鲍益，群臣，

及其他侍从等上。

鲍 　现在，公主，振起您的最宝贵的精神来吧；想想您

　　　的父王特意选择了一个什么人来充任他的使节，跟

　　　一个什么人接洽一件什么任务；他不派别人，却派

　　　他那为全世界所敬爱的女儿，您自己，来跟具备着

　　　一切人间完善的德性的，并世无双的拿伐国王进行

　　　谈判，而谈判的中心，又是适宜于作为一个女王的

　　　嫁奁的亚圭丁。造化不愿把才华丽色赋与庸庸碌碌

　　　的众人，大量地把天地间所有的灵秀钟萃于您的一

　　　身；您现在就该效法造化的大量，充分表现您的惊

　　　才绝艳。

公主 　好鲍益大人，我的美貌虽然卑不足道，却也不需要

　　　你的谀辞的煊染；美貌是凭着眼睛判断的，不是贾

　　　人的利口所能任意抑扬。你这样搬弄你的智慧把我

　　　恭维，无非希望人家称赞你口齿聪明；可是我听了

你这一番褒美，却一点不觉得可以骄傲。现在我也
要请你干一件事：好鲍益，你不会不知道，名誉广
大的人，一举一动都会传遍世界；拿伐王已经立下
誓言，要在这三年之内发愤读书，不让一个女人走
近他的静肃的宫庭；所以我们在没有进入他的禁门
以前，似乎应该先去探问他的意旨；我相信你的才
干可以胜任这一项使命，所以选择你做我的代言人，
向他陈述我们的来意，告诉他，法兰西国王的女儿
因为有重要的事情，希望得到迅速的解决，要求和
他当面接洽。快去对他这样说了；我们就像一群谦
卑的请愿人一般，等候着他的庄严的谕示。

鲍　　得到这样的委任是我的莫大的荣幸，敢不踊跃拜
命。（下）

公主　各位爱卿，你们知道那几个人是和这位贤德的国王
一同立誓守戒的信徒？

甲臣　郎格维勋爵是其中的一个。

公主　你认识这个人吗？

玛　　我认识他，公主。当丕律谷勋爵和雅克·福根勃律
琪的美丽的息女在诺曼第举行婚礼的时候，我在宴

席上见过这位郎格维。他是一个公认为才能出众的人，文学固然是他的擅长，武艺方面也十分了得。要是美德的光彩可以蒙上污点的话，那么他的唯一的缺点是一副尖刻的机智配上一个太直率的意志：他的机智能够出口伤人，他的意志使他一往直前，不为他人留一点余地。

公主　听起来是一位善于戏谑的贵人，是不是？

玛　　最熟悉他脾气的人都是这样说他。

公主　这种浮华之士往往不永天年。还有些什么人？

凯　　年少的杜曼，一个才德兼备的青年；他的智慧可以使一个形貌丑陋的人容光焕发，可是即使他没有智慧，他的堂堂的仪表也可以博取别人的爱悦。我在亚伦桑公爵的府中见过他一次；我对于他的伟大的品格的赞美，实在不能道出我在他身上所看到的美德于万一。

罗　　要是我所听到的话并不虚假，那时候在亚伦桑公爵的地方，还有一个他们的同学也跟他在一起；他们叫他做裴朗；在我所交谈过的人们中间，从来不曾有一个比他更会说笑的人，能够雅谑而不流于鄙俗。

他的眼睛一看到什么事情，他的机智就会把它编成一段有趣的笑话，他的善于抒述种种奇思妙想的舌头，会用那样灵巧而隽永的字句把它表达出来，使老年人听了娓娓忘倦，少年人听了手舞足蹈；他的口才是这样敏捷而巧妙。

公主　上帝祝福我的姑娘们！她们都在恋爱了吗？怎么每一个人都用这种侈张的夸饰赞赏她自己中意的人？

甲臣　鲍益来了。

【鲍益重上。

公主　国王怎样招待你，鲍益？

鲍　　拿伐王已经知道您到来的消息；我还没有见他以前，他跟他那班一同立誓的学侣们，已经准备来迎接您了。我听他的口气是这样的：他宁愿把您安顿在郊野里，就像你们是来围攻他的宫庭的一支军队一般，不愿违反他的誓言，让您走进他的屋子。拿伐王来了。（众女戴脸罩）

【国王，郎格维，杜曼，裴朗及侍从等上。

王　　美貌的公主，欢迎你光临拿伐的宫庭。

公主　我把"美貌"两字璧还陛下；至于说到"欢迎"，
　　　那么我还没有实受其惠。这复高的天宇不是您所能
　　　私有的，这辽阔的郊野也不是招待贵宾的所在。

王　　公主，我们少不得有一天要请你到我们宫庭里屈驾
　　　一游。

公主　那么我现在就接受您的邀请。

王　　听我说，亲爱的公主，我曾经立下重誓。

公主　圣母保佑陛下！您会有一天毁誓的。

王　　凭着我的意志起誓，公主，我决不毁誓。

公主　啊，您的意志一发生动摇，您就要毁誓了。

王　　公主，你不知道我发下的是个什么誓。

公主　要是陛下也不知道您自己所发的誓，那倒是陛下的
　　　聪明，因为知道这样的誓，反而是一种愚昧。我听
　　　说陛下已经发誓不理家政；谨守那样一个无聊的誓，
　　　真是一桩极大的罪恶，虽然毁弃它也同样是一桩罪
　　　恶。可是恕我吧，我太放肆了，我不该向一个教师
　　　训诲。请您读一读我此来的目的，迅速赐给我一个

答复。（以文件授王）

王　　　公主，我愿意尽快答复你的赐教。

公主　　您还是早一点把我打发走了的好，因为要是您让我
　　　　羁留在贵国，您一定会把您的誓言毁弃的。

裴　　　我不是有一次在勃拉庞跟您跳过舞吗？

罗　　　我不是有一次在勃拉庞跟您跳过舞吗？

裴　　　我知道您跟我跳过舞的。

罗　　　既然知道，何必多问！

裴　　　您不要这样火辣辣的。

罗　　　谁叫你用这种问题引起我的火性来？

裴　　　您的舌头就像一匹快马，它奔得太快，会把力气都
　　　　奔完了。

罗　　　它不等到把骑马的人掀下在泥潭里，是不会止步的。

裴　　　现在是什么时候了？

罗　　　现在是傻瓜们向别人发问的时候。

裴　　　愿幸运降在您的脸罩上，使您有许多的恋人！

罗　　　阿们，但愿您不是其中之一。

裴　　　嗳哟，那么我要去了。

王　　　公主，令尊在这封信上说起他已经付了我们十万克

郎，那只是先父在日贵国所欠我们的战债的半数。
这笔款子先父和我从未收到；即使果有此事，那
么也还有十万克郎的欠款没有清还。当初贵国同意
把亚圭丁的一部分抵押给我们，作为这一笔欠款的
保证，虽然拿土地的价值说起来，实在抵不上这一
个数目。现在你的父王只要愿意把那未清偿的半数
还给我们，我们也愿意放弃我们在亚圭丁的利权，
和他永结盟好。可是他似乎一点没有这种意思，因
为在这信上，他单单提出已经偿付十万克郎这一点，
作为要求归还亚圭丁的理由，而绝口不提那十万克
郎余欠的问题。其实我们只要收回先父在日出借的
债款，对于亚圭丁这一块瘦瘠不毛的地方，倒是很
乐于割舍的。亲爱的公主，倘不是令尊的要求太不
近情理了，这次蒙你芳踪莅止，我一定不会让你失
望而归。

公主　家君从来没有愆约背信，不履行他的偿债的义务；
　　　陛下否认收到这一笔偿款，不但诬蔑家君，而且有
　　　失一国元首的器度；我不能不为陛下的名誉惋惜。

王　　我郑重声明对于这一笔债款的归还未有所闻；你要

是能够证明此事属实，我愿意把它全数奉还贵国，

或者把亚圭丁交出。

公主 敬遵台命。鲍益，你去把那些曾经他的父王查理手

下的专任大员签署，上面载明着这么一笔数目的收

据找一找出来。

王 给我看。

鲍 启禀陛下，这一类有关文件的包里还没有送到；明

天一定可以请您过目。

王 那很好；只要证据确凿，任何合理的要求我都可以

允从。现在请你接受按照你的身分和我的地位所应

该享有的一切礼遇吧。虽然你不能走进我的宫门，

美貌的公主，我一定尽力使你在这儿大自然怀抱之

中，感到宾至如归的愉快；你将要觉得虽然我这样

靳惜着自己的屋宇，可是你已经栖息在我的心灵的

深处了。一切失礼之处，请你加以善意的原谅。再会；

明天早上我们一定再来奉访。

公主 愿陛下政躬康健，所愿皆偿！

王 我也愿意为你作同样的祝祷！（王及扈从下）

裴 姑娘，我要把您放在我的心坎儿里温存。

罗　　那么请您把我放进去吧，我倒要看看您的心是怎样的。

裴　　我希望您听见它的呻吟。

罗　　这傻瓜害病了吗？

裴　　他害的是心痛。

罗　　唉！替它放放血吧。

裴　　放血可以把它医治吗？

罗　　我的医药知识说是可以的。

裴　　您愿意用您的眼睛刺我的心出血吗？

罗　　我的眼睛太钝，用我的刀吧。

裴　　嗳哟，上帝保佑你不要死于非命！

罗　　上帝保佑你不得好死！

裴　　我不能呆在这儿等你的祷告见效。（退后）

杜　　先生，请问您一句话，那位姑娘是什么人？

鲍　　亚伦桑的息女，凯萨琳是她的名字。

杜　　一位漂亮的姑娘！先生，再会！（下）

郎　　请教一声，那位白衣的姑娘是什么人？

鲍　　您在光天化日之下，可以看清楚她是一个女人。

郎　　她是光明中的光明。请问她的名字？

鲍　　她只有一个名字，您不能问她要。

郎　　先生，请问她是谁的女儿？

鲍　　我听说是她母亲的女儿。

郎　　上帝祝福您的胡子！

鲍　　好先生，别生气。她是福根勃律琪家的女儿。

郎　　我现在不生气了。她是一位最可爱的姑娘。

鲍　　也许是的，先生；或者是这样。（郎下）

裴　　戴帽子的女人叫什么名字？

鲍　　命运替她取名为罗瑟玲。

裴　　她结过婚了没有？

鲍　　她跟她自己的意志结婚，先生。

裴　　欢迎先生。再会！

鲍　　彼此彼此。（裴下；众女去脸罩）

玛　　最后的一个就是裴朗，那爱开顽笑的贵人；他的
　　　每一句话都是一个笑话。

鲍　　每一个笑话不过是一句话。

玛　　你们两人在一起，活像两头疯羊。

鲍　　可爱的羔羊，我们是要靠着您的嘴唇喂养长大的呢。

玛　　您是羊，我是牧场；是不是这个意思？

鲍　　那么请让我到牧场上来寻食吧。（欲吻玛）

玛	不，我的好畜生；我的嘴唇不是公共的场地。
鲍	它们是属于谁的？
玛	属于我的命运和我自己。
公主	你们老是爱斗嘴，大家不要闹了。这种舌剑唇枪，不应该在自家人面前耍弄，还是用来对付拿伐王和他的同学们吧。
鲍	我这一双眼睛可以看出别人心里的秘密，难得有时错误；要是这一回我的观察没有把我欺骗，那么拿伐王是染上病了。
公主	染上什么病？
鲍	他染上的是我们情人们所说的相思病。
公主	何以见得？
鲍	他的一切行为都集中于他的眼睛，透露出不可遏抑的热情；他的心像一颗刻着你小像的玛瑙，在他的眼里闪耀着骄傲；他的焦躁的舌头忘记了它的职守，想要平分他眼睛的享受；一切感觉都奔赴他的眼底，争看那绝世无双的秀丽。仿佛他眼睛里锁藏着整个的灵魂，正像玻璃柜内陈列着珠翠缤纷，放射它们晶莹夺目的光彩，招引你过路的行人购买。他脸上

写满着无限的惊奇，谁都看得出他意夺神移。我可以给你亚圭丁和他所有的一切，只要你为了我的缘故吻一吻他的脸颊。

公主 到我的帐里来；鲍益在发疯了。

鲍 我不过把他的眼睛里所透露的意思，用说话表示出来。我使他的眼睛变成一张嘴，再替他安上一条不会说诳的舌头。

罗 你是一个恋爱场中的老手，真会说话。

玛 他是邱必特的外公，他的消息都是邱必特告诉他的。

罗 那么维纳丝一定像她的母亲，因为她的父亲是很丑的。

鲍 你们听见吗，我的疯丫头们？

玛 不听见。

鲍 那么你们看见些什么没有？

罗 嗯，看见我们回去的路。

鲍 我真把你们没有办法。（同下）

第三幕

为她整夜不睡！为她祷告神明！罢了，这是邱必特给我的惩罚。

第一场　拿伐王御苑

【阿美陀及毛子上。

阿　　去，稚嫩的青春；拿了这钥匙去，把那乡下人放了，
　　　带他到这儿来；我必须叫他替我送一封信去给我的
　　　爱人。

毛　　主人，您愿意用法国式的喧哗得到您的爱人的欢
　　　心吗？

阿　　你是什么意思？用法国话吵架吗？

毛　　不，我的十足的主人；我的意思是说，从舌尖上溜
　　　出一支歌来，用您的脚和着它跳舞，翻起您的眼皮，
　　　唱一个音符叹息一个音符；有时候从您的喉咙里滚
　　　出来，好像您一边歌唱爱情，一边要把它吞下去似
　　　的；有时候从您的鼻孔里哼出来，好像您在嗅寻爱
　　　情的踪迹，要把它吸进去似的；您的帽檐斜罩住您
　　　的眼睛；您的手臂交叉在您的胸前，像一头炙叉上
　　　的兔子；或者把您的手插在口袋里，就像古画上的

人像一般；也不要老是唱着一支曲调，才唱了几句又换了一个调子。这是台型，这是功架，可以诱动好姑娘们的心，虽然没有这些她们也会被人诱动；而且——您在听着我吗？——这还可以使那些最擅长于这个调调儿的人成为一世的红人。

阿　你这种经验是怎么得来的？

毛　这是我一点一点观察得来的结果。可是您忘记您的爱人了吗？

阿　我几乎忘了。

毛　健忘的学生！把她记住在您的心头。

阿　她不但在我的心头，而且在我的心坎儿里，孩子。

毛　而且还在您的心儿外面，主人；这三句话我都可以证明。

阿　你怎么证明？

毛　您在心头爱着她，因为您的心得不到她的爱；您在心里爱着她，因为她已经占据了您的心；您在心儿外面爱着她，因为您已经为她失去您的心。

阿　我正是这样。把那乡下人带来；他必须替我送一封信。

毛　好得很，马儿替驴子送信。

阿　　嘿，嘿！你说什么？

毛　　呃，主人，您该叫那驴子骑了马去，因为他走得太
　　　慢啦。我去了。

阿　　路是很近的；快去！

毛　　像铅一般快，主人。

阿　　什么意思，小精灵鬼儿？铅不是一种很沉重迟钝的
　　　金属吗？

毛　　非也，我的好主人。

阿　　我说，铅是迟钝的。

毛　　主人，您这结论下得太快了；从炮口里放出来的铅
　　　丸，难道还算慢吗？

阿　　好巧妙的辞锋！他把我说成了一尊大炮；他自己是
　　　弹丸；好，我就把你向那乡下人开了过去。

毛　　那么您开炮吧，我飞出去了。（下）

阿　　一个乖巧的小子，又活泼又伶俐！对不起，亲爱的
　　　苍天，我要把我的叹息呵在你的脸上了。最粗暴的
　　　忧郁，勇敢见了你也要远远退避。我的使者回来了。

【毛子率考斯他特重上。

阿　　考斯他特，我要释放你，恢复你的自由，解脱你的
束缚，免除你的禁锢；我只要你替我干这一件事。（以
信授考）把这封书简送给那村姑娘雅昆妮妲。（以
钱授考）这是给你的酬劳；因为对底下人赏罚分明，
是我的名誉的最大的保障。毛子，跟我来。（下）

毛　　人家说狗尾续貂，我就像狗尾之貂。考斯他特先生，
再会！

考　　我的小心肝肉儿！我的可爱的小犹太人！（毛下）
现在我要看看他的酬劳。酬劳！啊！原来在他们读
书人嘴里，三个铜子就叫做酬劳。"这条带子什么
价钱？""一辨士。""不，一个酬劳卖不卖？"
啊，好得很！酬劳！这是一个比法国的克郎更好的
名称。我再也不把这两个字转卖给别人。

【裴朗上。

裴　　啊！我的好小子考斯他特，咱们碰见得巧极了。

考　　请问先生，一个酬劳可以买多少淡红色的丝带？

裴　　怎么叫一个酬劳？

考　　呃，先生，一个酬劳就是三个铜子。

裴　　那么你就可以买到值三个铜子的丝带。

考　　谢谢您。上帝和您在一起！

裴　　不要走，家伙；我要差你干一件事。你要是希望得到我的恩宠，我的好小子，那么答应我这一个请托吧。

考　　您要我在什么时候干这件事，先生？

裴　　哦，今天下午。

考　　好，我一定给您办到，先生。再会！

裴　　啊，你还没有知道是件什么事哩。

考　　等我把它办好以后，先生，我就会知道是件什么事。

裴　　嗨，混蛋，你该先知道了以后才去办呀。

考　　那么我明儿早上来看您。

裴　　这事情必须在今天下午办好。听着，家伙，很简单的一回事：公主就要到这儿御苑里来打猎，她有一位随身侍从的贵女，粗俗的舌头轻易不敢提起她的名字，他们称她为罗瑟玲；你问清楚了那一个是她，就把这一通密封的书信交在她的洁白的手里。（以一先令授考）这是给你的犒赏；去。

考 　　犒赏，啊，可爱的犒赏！比酬劳好得多啦；多了足
足十一辨士外加一个铜子。最可爱的犒赏！我一定
给您送去，先生，决不有错。犒赏！酬劳！（下）

裴 　　而我，——确确实实，我是在恋爱了！我曾经鞭责
爱情；我是捉拿相思的捕快；我把刻毒的讥刺加在
那个比一切人类更伟大的孩子的身上，像一个守夜
的警吏一般监视他的行动，像一个尊严的塾师一般
呵斥他的错误！这个盲目的，哭笑无常的，淘气的
孩子，这个少年的前辈，矮小的巨人，邱必特先生；
统治着一切恋爱的诗句，交叉的手臂，叹息，呻吟，
一切无聊的踯躅和怨望的悲愤的无上的君主，总辖
天下痴男怨女的唯一的主宰和伟大的元帅；啊，我
的小小的心！我却要高举他的旗帜，在他的战场上
充当一名士卒！什么，我！我恋爱！我追求！我要
找寻一个妻子！一个像一座永远需要修理的时钟般
的女人，你不去留心她就会出了毛病！嘿，最不该
的是叛弃了誓约；而且在三个之中，偏偏爱上了最
坏的一个：一个伶俐风骚的姑娘，她的眼睛像两颗
乌黑的弹丸；凭着上天起誓，即使百眼的巨人阿格

斯把她终日监视，她也会什么都干得出来。我却要为她叹息！为她整夜不睡！为她祷告神明！罢了，这是邱必特给我的惩罚，因为我藐视了他的全能的小小的威力。好，我要恋爱、写诗、叹息、祷告、追求、和呻吟；谁都有他心爱的姑娘，我的爱人也该有个痴心的情郎。（下）

第四幕

人世间的煊赫光荣，往往产生在罪恶之中，为了身外的浮名，牺牲自己的良心。

第一场 拿伐王御苑

【公主，罗瑟玲，玛莉霞，凯萨琳，鲍益，群臣，侍从，
及一管林人上。

公主 那向着峻峭的山崖加鞭疾驰的，不是国王吗？

鲍 我不知道；可是我想那不是他。

公主 不管他是谁，瞧上去倒是很雄心勃勃似的。好，各
位贤卿，今天我们可以得到答复；星期六就可以回
法国去了。管林子的朋友，你说我们应该到那一丛
树木里去杀害生灵？

管林人 您只要站在这儿附近那一簇小树林的边上，准可
以百发百中。

公主 人家说，美人有沉鱼落雁之容；我只要用美目的利
箭射了出去，无论什么飞禽走兽都会应弦而倒。

管林人 恕我，公主，我不是这个意思。

公主 什么，什么？你不愿恭维我吗？啊，一瞬间的骄傲！
我不美吗？唉！

管林人　不，公主，您美。

公主　不，现在你不用把我装点了；不美的人，怎样的赞
美都不能使她变得好看一点的。这儿，我的好镜子；
（以钱给管林人）给你这些钱，因为你不说诳，骂
了人反得厚赐，这是分外的重赏。

管林人　您所有的一切都是美好的。

公主　瞧，瞧！只要行了好事，就可以保全美貌。啊，不可
靠的美貌！正像这些覆雨翻云的时世；多化几个钱，
丑女也会变成无双的姝丽。可是拿弓来；现在我们
要不顾慈悲，杀生害命，显一显我们射猎的本领：
要是射而不中，我可以饰词自辩，因为心怀不忍，
才故意网开一面；要是射中了，那不是存心杀害，
唯一的目的无非博取一声喝采。人世间的煊赫光荣，
往往产生在罪恶之中，为了身外的浮名，牺牲自己
的良心；正像如今我去杀害一头可怜的麋鹿，只为
了他人的赞美，并不为自己的怨毒。

鲍　凶悍的妻子拼命压制她们的丈夫，不也是为了博人
赞美的缘故吗？

公主　正是，无论那一位太太，能够压倒她的老爷，总是

值得赞美的。

【考斯他特上。

鲍 来了一个老百姓。

考 上帝安息你们的灵魂！请问这儿那一位是头儿脑儿的小姐？

公主 朋友，你只要看别人都是没有头颅脑袋的，就知道那一个是她了。

考 那一位小姐是顶大的顶高的？

公主 她就是顶胖的顶长的一个。

考 顶胖的，顶长的！对了，没有一点差儿。小姐，要是您的腰身跟我的心眼儿一样细，您就可以套得上这几位小姐们的腰带。您不是她们的首领吗？您在这儿是顶胖的一个。

公主 你有什么见教，先生？你有什么见教？

考 裴朗先生叫我带封信来，给一位叫做罗瑟玲的小姐。

公主 啊！你的信呢？你的信呢？他是我的一个好朋友。站在一旁，好信差。鲍益，你会切肉的，把这块鸡切一切开吧。

鲍　　遵命。这封信送错了；它跟这儿每一个人都没有关

　　　　系；它是写给雅昆妮妲的。

公主　　我们也要读它一下。把封蜡打开了，大家听着。

鲍　　　"凭着上天起誓，你是美貌的，这是一个绝无错误

　　　　的事实；真的，你是娇艳的；真实的本身，你是可

　　　　爱的。比美貌更美貌，比娇艳更娇艳，比真实更真

　　　　实的，怜悯你的英雄的奴隶吧！慷慨知名的科菲多

　　　　亚王看中了下贱污秽的丐女齐妮罗芳，他可以说，

　　　　余来，余见，余胜①；用俗语把它分析，—— 啊，

　　　　下流而卑劣的俗语！—— 即为，他来了，他看见，

　　　　他战胜。他来了，一；看见，二；战胜，三：谁来了？

　　　　国王。他为什么来？因为要看见。他为什么看？因

　　　　为要战胜。他到谁的地方来？到丐女的地方。他看

　　　　见什么？丐女。他战胜谁？丐女。结果是胜利。谁

　　　　的胜利？国王的胜利。俘虏因此而富有了。谁富有

―――――――――――

①　"余来，余见，余胜"（veni, vidi, vici）为裘里厄斯·该撒（Julius
Caesar）之著名豪语。——译者注

了？丐女富有了。收场是结婚。谁结婚？国王结婚；不，两人合而为一，一人化而为二。我就是国王，因为在比喻上是这样的；你就是丐女，你的卑贱可以证明。我应该命令你爱我吗？我可以。我应该强迫你爱我吗？我能够。我应该请求你爱我吗？我愿意。你的褴褛将要换到什么？锦衣。你的灰尘将要换到什么？富贵。你自己将要换到什么？我。我让你的脚玷污我的嘴唇，让你的小像玷污我的眼睛，让你的每一部分玷污我的心，等候着你的答复。

　　　　你的最忠实的唐·亚特里安诺·特·阿美陀。
你听那雄狮咆哮的怒响，
你已是他爪牙下的羔羊；
俯伏在他足前不要反抗，
他不会把你的生命损伤；
倘然妄图挣扎，那便怎样？
免不了充他饥腹的食粮。"

公主　写这信的是一片什么羽毛，一头什么风信标？你们有没有听见过比这更妙的文章？

鲍　这文章的风格，我记得好像看见过似的。

公主 读过了这样的文章还会忘记，那你的记性真是太坏了。

鲍 这阿美陀是这儿宫庭里豢养的一个西班牙人；他是一个荒唐古怪的家伙，一个疯子，常常用他的奇腔异调逗国王和他的同学们发笑。

公主 喂，家伙，我问你一句话。谁给你这封信？

考 我早对您说过了，是一位大人。

公主 他叫你把信送给谁的？

考 从一位大人寄给一位小姐。

公主 从那一位大人寄给那一位小姐？

考 从裴朗大人，我的一位很好的大爷，寄给一位法国的小姐，他说她名叫罗瑟玲。

公主 你把他的信掉错了。来！各位贤卿，我们去吧。好人儿，把这信收起来；过一天它就会变成你的了。（同下）

第二场　同前

【霍罗芬斯，挪坦聂尔牧师，及特尔上。

挪　　真是一种敬畏神明的游戏，而且是很合人道的。

霍　　那头鹿，您知道，沐浴于血泊之中；像一颗烂熟的苹果，刚才还是明珠般悬在太虚、苍穹、天空的耳边，一下子就落到平陆、原壤、土地的面上。

挪　　真的，霍罗芬斯先生，您的字眼变化得非常巧妙，不愧学者的吐属。可是先生，相信我，它是一头新出角的牡鹿。

霍　　挪坦聂尔牧师，信哉！

特　　它不是信哉；它是一头两岁的公鹿。

霍　　最愚昧的指示！然而这也是他用他那种不加修饰，未经琢磨，既无教育，又鲜训练，或者不如说是浑噩无知，或者更不如说是诞妄无稽的方式，反映，或者不如说是表现他的心理状态的一种解释性的暗示，把我的信哉说成了一头鹿。

特　我说那鹿不是信哉；它是一头两岁的公鹿。

霍　蠢而又蠢的蠢物，愚哉愚哉！啊！你无知的魔鬼，
　　你的容貌多么伧俗！

挪　先生，他不曾饱餐过书本中的美味；他没有吃过纸
　　张，喝过墨水；他的智力是残缺破碎的；他不过是
　　一头畜生，只有下等的感觉。这种愚鲁的木石放在
　　我们的面前，我们这些有情趣有性灵的人，应该感
　　谢上帝，赐给我们如许的智慧才能，使我们不至于
　　像他一样。

特　你们两位都是读书人；你们能不能用你们的智慧告
　　诉我，什么东西在该隐出世的时候已经有一个月大，
　　到现在还没有长满五星期。

霍　狄克丁娜，特尔好伙计；狄克丁娜，特尔好伙计。

特　狄克丁娜是什么？

挪　狄克丁娜是妃琵，也就是璐娜，也就是月亮的别名。

霍　亚当生下一个月以后，月亮已经长满了一个月；可
　　是他到了一百岁的时候，月亮还是一百年前的月亮，
　　不曾多老了一个星期。

挪　先生，我为您赞美天主，我的教区里的全体居民也

都要为您赞美天主，因为他们的儿子受到您很好的教诲，他们的女儿也从您的地方得益不少；您是社会上的功臣。

霍　他们的儿子如果是天真诚朴的，不怕得不到我的教诲；他们的女儿如果是聪慧可教的，我也愿意尽力开导她们。可是哲人寡言。有一个女人找我们来了。

【雅昆妮妲及考斯他特上。

雅　早安，牧师先生！牧师先生，（以一信授挪）谢谢您把这一封信读给我听听；它是唐·阿美陀叫考斯他特送来给我的。请您读一读好不好？

霍　对不起，先生，这里面写些什么？或者正像荷雷斯[①]所说的，——什么，一首诗吗？

挪　正是，先生，而且写得非常典雅。

霍　愿闻一二，先生其为余诵之乎？

挪　"为爱背盟，怎么向你自表寸心？

———————————

① 荷雷斯（Horace），公历纪元前一世纪罗马诗人。——译者注

啊！美色当前，谁不要失去操守？

虽然抚躬自愧，对你誓竭忠贞；

昔日的橡树已化作依人弱柳：

请细读它一叶叶的柔情密爱，

它的幸福都写下在你的眼中。

你是全世界一切知识的渊海，

赞美你便是一切学问的尖峰；

倘不是蠢如鹿豕的冥顽愚人，

谁见了你不发出惊奇的嗟叹？

你目藏闪电，声音里藏着雷霆；

平静时却是天乐与星光灿烂。

你是天人，啊！赦免爱情的无知，

以尘俗之舌讴歌绝世的仙姿。”

霍　您没有把应该重读的地方读了出来，所以完全失去了抑扬顿挫之妙。让我把这首小诗推敲一下：在韵律方面倒还不错；可是讲到高雅，流丽，和诗歌的铿锵的音调，此则尚有憾焉。奥维狄斯·奈索①才

---

　　① 奥维狄斯·奈索（Ovidius Naso）即奥维特（Ovid），罗马诗人，《变形记》及《爱经》之作者，约与荷雷斯同时。——译者注

是真正的诗人；然而奈索之所以为奈索者，不是因为他嗅出了想像的芬芳的花朵，那激发创作的动力吗？摹拟算得了什么？猎犬也会追随他的主人，猴子也会效学他的饲养者，马儿也会听命他的骑师。可是姑娘，这封信是寄给你的吗？

雅　嗯，先生；这封信是一位裴朗先生寄给我的，他是那位外国女王手下的一位贵人。

霍　我要看看那上面的题名："敬献于最美丽的罗瑟玲小姐的雪白的手中。"我还要看看信里面寄信人的署名："乐于供你驱使的裴朗。"——挪坦聂尔牧师，这裴朗是一个和王上一同发下誓愿的人；现在他却写了一封信给那外国女王手下的一个侍女，这封信由于一时的偶然，被送信的人送错了地方。快去，我的好人儿；把这封信给王上看，也许它是很有关系的。不必多礼，尽管去吧；再见！

雅　好考斯他特，跟我去。先生，上帝保佑您！

考　去吧，我的姑娘。（考、雅下）

挪　先生，您把这件事情干得非常严正，充分显出了敬畏上帝的精神；正像有一位神父说的，——

霍　　先生，别对我提起什么神父不神父啦；我最怕那些
　　　似是而非的论调。可是让我们再来讨论讨论那首诗；
　　　挪坦聂尔牧师，您觉得它怎么样？

挪　　写是写得非常之好。

霍　　今天我要到我的一个学生的父亲家里吃饭；要是您
　　　愿意在进餐之前替在座众人作一次祈祷，凭着该生
　　　家长对我的交情，我可以介绍您出席；在宴席上我
　　　愿意向您证明这首诗非常浅薄，既无诗趣，又无巧
　　　思，一点没有匠心独运之处。请您一定光临。

挪　　那真是多谢了；因为圣经上说，交际是人生的幸福。

霍　　不错，这句圣经是一句很确当的结论。(向特)朋友，
　　　请你也一同出席，千万不要推却，毋多言！去！那
　　　些绅士们正在打猎，我们还是去满足我们口腹的享
　　　受。(同下)

第三场 同前

【裴朗持一纸上。

裴　王上正在逐鹿；我却在追赶我自己。他们张罗设网；我却陷身在泥坑之中。好，坐下来，悲哀！因为他们说那傻子曾经这样说，我这样说；我就是傻子：证明得很好，聪明人！天主啊，这恋爱疯狂得就像哀杰克斯[①]一样；它会杀死一头绵羊；它会杀死我，我就是绵羊：又是一个很好的证明！我不愿恋爱；要是我恋爱，把我吊死了吧；真的，我不愿。啊！可是她的眼睛，——天日在上，倘不是为了她的眼睛，我决不会爱她；是的，只是为了她的两只眼睛。唉，我这个人一味说谎，全然的胡说八道。天哪，我在恋爱，它已经教会我作诗，也教会我发愁；这儿是我的一部分的诗，这儿是我的愁。她已经收到

---

① 哀杰克斯（Ajax），荷马史诗《伊利亚特》中之希腊英雄，其威名仅次于亚契兰斯（Achilles）。——译者注

我的一首十四行诗了；送信的是个蠢货，寄信的是
个呆子，收信的是个佳人；可爱的蠢货，更可爱的
呆子，最可爱的佳人！凭着全世界发誓，即使那三
个家伙都落下了情网，我也不以为意。这儿有一个
拿了一张纸头来了；求上帝让他呻吟吧！（爬登树
上）

【国王持一纸上。

王　　唉！

裴　　（旁白）射中了，天哪！继续施展你的本领吧，可
　　　爱的邱必特；你已经用你的鸟箭从他的左乳下面射
　　　了进去了。当真他也有秘密！

王　　"旭日不曾以如此温馨的蜜吻

　　　给予蔷薇上晶莹的黎明清露，

　　　有如你的慧眼以其灵辉耀映

　　　那淋下在我颊上的深宵残雨；

　　　皓月不曾以如此璀璨的光箭

　　　穿过深海里透明澄澈的波心，

有如你的秀颜照射我的泪点，

一滴滴荡漾着你冰雪的精神。

每一颗泪珠是一辆小小的车，

载着你在我的悲哀之中驱驰；

那洋溢在我睫下的朵朵水花，

从忧愁里映现你胜利的荣姿；

请不要以我的泪作你的镜子，

你顾影自怜，我将要永远流泪。"

她怎么可以知道我的悲哀呢？让我把这纸儿丢在地上；可爱的草叶啊，遮掩我的痴心吧。谁到这儿来了？（退立一旁）什么，郎格维！他在读些什么东西！听着！

【郎格维持一纸上。

裴   现在又有一个跟你同样的傻子来了！

郎   唉！我破了誓了！

王   我希望他也在恋爱，同病相怜的罪人！

裴   一个酒鬼会把另一个酒鬼引为同调。

郎　　我是第一个违反誓言的人吗？

裴　　我可以给你安慰；照我所知道的，已经有两个人比
　　　你先破誓了，你来刚好凑成一个三分鼎足。

郎　　我怕这几行生硬的诗句缺少动人的力量。啊，亲爱
　　　的玛莉霞，我的爱情的皇后！

　　　　"你眼睛里有天赋动人的辞令，

　　　能使全世界的辩士唯唯俯首，

　　　不是它劝诱我的心寒盟背信？

　　　为了你把誓言毁弃不应遭咎。

　　　我所舍弃的只是地上的女子，

　　　你却是一位美妙的天仙化身；

　　　为了天神之爱毁弃人世的誓，

　　　你的垂怜可以洗涤我的罪名。

　　　一句誓只是一阵口中的雾气，

　　　禁不起你这美丽的太阳晒蒸；

　　　我脆弱的愿心既已被你吸起，

　　　这毁誓的过失怎能由我担承？

　　　即使是我的错，谁会那样疯狂，

　　　不愿意牺牲一句话换取天堂！"

裴　　一个人发起疯来，会把血肉的凡人敬若神明，把一头小鹅看做一个仙女；全然的，全然的偶像崇拜！上帝拯救我们，上帝拯救我们！我们都走到邪路上去了。

郎　　我应该叫谁把这首诗送去呢？——有人来了！且慢。

（退立一旁）

裴　　大家躲好了，大家躲好了，就像小孩子捉迷藏似的。我像一尊天神一般，在这儿高坐天空，察看这些可怜的愚人们的秘密。天哪！又是一个来了！

【杜曼持一纸上。

裴　　杜曼也变了；一个盘子里盛着四只山鹬！

杜　　啊，最神圣的凯德！

裴　　啊，亵渎神圣的傻瓜！

杜　　凭着上天起誓，一个凡夫眼中的奇迹！

裴　　凭着土地起誓，她是个平平常常的女人；你在说谎。

杜　　她的琥珀般的头发黯淡了琥珀的颜色。

裴　　琥珀色的乌鸦倒是很少有的。

杜　　像杉树一般亭亭直立。

裴　　我说她身体有点弯屈；她的肩膀好像怀孕似的。

杜　　像白昼一般明朗。

裴　　嗯，像有几天的白昼一般，不过是没有太阳的白昼。

杜　　啊！但愿我能够如愿以偿！

郎　　但愿我也如愿以偿！

王　　主啊，但愿我也如愿以偿！

裴　　阿们，但愿我也如愿以偿！

杜　　我希望忘记她；可是她像热病一般焚烧我的血液，
　　　使我再也忘不了她。

裴　　你血液里的热病！那么只要请医生开了一刀，就可
　　　以把她放出来盛在盘子里了。

杜　　我还要把我所写的那首歌读一遍。

裴　　那么我就再听一次爱情怎样改变了一个聪明人。

杜　　"有一天，唉，那一天！
　　　爱永远是五月天，
　　　见一朵好花娇媚，
　　　在款款风前游戏；
　　　穿过柔嫩的叶网，

风儿悄悄地来往。

憔悴将死的恋人，

羡慕天风的轻灵：

风能吹上你脸颊，

我只能对花掩泣！

我已向神前许愿，

不攀折鲜花嫩瓣；

少年谁不爱春红？

这种誓情理难通。

今日我为你叛誓，

请不要把我讥刺；

你曾经迷惑乔武，

使朱诺变成媄母[1]，

放弃天上的威尊，

来作尘世的凡人。"

----

[1] 乔武（Jove），即裘必脱（Jupiter），罗马主神，亦即希腊之宙斯（Zeus），贪淫好色，尝屡次勾诱凡间女子。其妻朱诺（Juno），即希腊之天后希拉（Hera）。——译者注

我要把这首歌寄去，另外再用一些更明白的字句，说明我的真诚的恋情的痛苦。啊！但愿王上，裴朗，和郎格维也都变成恋人！作恶的有了榜样，可以抹去我叛誓的罪名；大家都是一样有罪，谁也不能把谁怨怼。

郎　（上前）杜曼，你希望别人分担你的相思的痛苦，你这种恋爱太自私了。你可以脸色发白，可是我要是也这样被人听见了我的秘密，我知道我一定会满脸通红的。

王　（上前）来，先生，你的脸红起来吧。你的情形和他正是一样；可是你明于责人，暗于责己，你的罪比他更加一等。你不爱玛莉霞，郎格维从来不曾为她写过一首十四行诗，从来不曾绞着两手，按放在他的多情的胸前，压下他那跳动的心。我躲在这一丛树木后面，已经完全窥破你们的秘密了；我替你们两人好不害羞！我听见你们罪恶的诗句，留心观察着你们的举止，看见你们长吁短叹，注意到你们的热情：一个说，唉！一个说，天哪！一个说她的头发像黄金，一个说她的眼睛像水晶；（向郎）你愿意为了天堂的幸福寒盟背信；（向杜）乔武为了你的爱人不惜毁弃誓言。要是裴朗听见你们已经把一个用极大的热心发下的誓这样破坏了，他会怎么说呢？他会把你们怎样嘲笑！他会怎样掉弄他的刻毒的舌头！他会怎样高兴得跳起来！我宁愿失去全世界所有的财富，也不愿让他知道我有这样不可告人的心事。

裴 现在我要挺身而出，揭破伪君子的面目了。（自树上跳下）啊！我的好陛下，请你原谅我；好人儿！你自己沉浸在恋爱之中，你有什么权利责备这两个可怜虫？你的眼睛不会变成马车；你的泪珠里不会反映出一位公主的笑容；你不会毁誓，那是一件可憎的罪恶；咄！只有无聊的诗人才会写那些十四行的歌曲。可是您不害羞吗？你们三人一个个当场出丑，都不觉得害羞吗？你发现了他眼中的微尘；王上发现了你的；可是我发现了你们每人眼中的梁木。啊！我看见了一幕多么愚蠢的活剧，不是这个人叹息呻吟，就是那个人捶胸顿足。嗳哟！我好容易耐住我的心，看一位国王变成一只飞蝇，伟大的赫邱

里斯抽弄陀螺，渊深的所罗门起舞婆娑，年老的奈
斯脱变成儿童的游侣，厌世的泰门玩弄无聊的戏具①！
你的悲哀在什么地方？啊！告诉我，好杜曼。善良
的郎格维，你的痛苦在什么地方？陛下，你的又在
什么地方？都在这心口儿里。喂，煮一锅稀粥来！
这儿有很重的病人哩。

王　　你太把人挖苦了。那么我们的秘密都被你窥破了吗？

裴　　我算是受了你们的骗。我是个老实人，我以为违背
一个自己所发的誓是一件罪恶；谁料竟会受一班虚
有其表，反复无常的人们的欺骗。你们什么时候会
见我写一句诗？或者为了一个女人而痛苦呻吟？或
者费一分钟的时间把我自己修饰？你们什么时候会
听见我赞美一只手，一只脚，一张脸，一双眼，一
种姿态，一段丰度，一副容貌，一个胸脯，一个腰身，
一条腿，一条臂？——

---

① 赫邱里斯及所罗门已见第一幕注；奈斯脱（Nestor）为特洛埃战役
中之希腊英雄，白发从征，以老成智虑著称；泰门（Timon）为雅典富人，
其故事见莎翁另一剧本《黄金梦》。——译者注

王	慢慢！你的舌头又不是怕有人在后面追赶的偷儿，用得着这样急急忙忙的奔跑。
裴	我这样急急忙忙，是为要逃避爱情；好情人，放我去吧。

【雅昆妮妲及考斯他特上。

雅	上帝祝福王上！
王	你有什么东西送来？
考	一件叛逆的阴谋。
雅	陛下，请您读一读这封信；我们的牧师先生觉得它很是可疑；他说其中有叛逆的阴谋。
王	裴朗，你把它读一读。（以信授裴）这封信是你从什么地方得来的？
雅	考斯他特给我的。
王	你从什么地方得来的？
考	邓·阿特拉美狄奥，邓·阿特拉美狄奥给我的。（裴扯信）
王	怎么！你怎么啦？为什么把它扯碎？
裴	无关重要，陛下，无关重要，您用不到担心。

郎　　这封信看得他脸红耳赤，让我们听听吧。

杜　　（拾起纸片）这是裴朗的笔迹，这儿还有他的名字。

裴　　（向考）啊，你这下贱的蠢货！你把我的脸丢尽了。我承认有罪，陛下，我承认有罪。

王　　什么？

裴　　你们三个呆子加上了我，刚巧凑成一桌；他，他，您陛下，跟我，都是恋爱场中的扒手，我们都有该死的罪名。啊！把这两个人打发走了，我可以详详细细告诉你们。

杜　　现在大家都是一样的了。

裴　　不错，不错，我们是同志四人。叫这一双斑鸠去吧。

王　　你们去吧！

考　　好人走了，让坏人留在这儿。（考、雅下）

裴　　亲爱的朋友们，亲爱的情人们，啊！让我们拥抱吧。我们都是有血有肉的凡人；大海潮生潮落，青天终古长新，陈腐的戒条不能约束少年的热情。我们不能反抗生命的意志，我们必须推翻不合理的盟誓。

王　　什么！你也会在这些破碎的诗句之中表示你的爱情吗？

裴　　"我也会!"谁见了天仙一样的罗瑟玲,不会像一
　　　个野蛮的印度人,当东方的朝阳开始呈现它的奇丽,
　　　俯首拜伏,用他虔诚的胸膛贴附土地?那一道鹰隼
　　　般威棱闪闪的眼光,不会眩耀于她的华艳,敢仰望
　　　她眉宇间的天堂?

王　　什么狂热的情绪鼓动着你?我的爱人,她的女主人,
　　　是一轮美丽的明月,她只是月亮旁边闪烁着微光的
　　　一点小星。

裴　　那么我的眼睛不是眼睛,我也不是裴朗。啊!倘不
　　　是为了我的爱人,白昼都要失去它的光亮。她的娇好
　　　的颊上集合着一切出众的美点,她的华贵的全身找不
　　　出丝毫缺陷。借给我所有辩士们的生花妙舌,——啊,
　　　不!她不需要夸大的辞藻;待沽的商品才需要赞美,
　　　任何赞美都比不上她自身的美妙。形容枯瘦的一百
　　　岁的隐士,看了她一眼会变成五十之翁;美貌是一
　　　服换骨的仙丹,它会使铁杖的衰龄返老还童。啊!
　　　她就是太阳,万物都被她照耀得灿烂生光。

王　　凭着上天起誓,你的爱人黑得就像乌木一般。

裴　　乌木像她吗?啊,神圣的树木!娶到乌木般的妻子

　　才是无上的幸福。啊！我要按着圣经发誓，她那点漆的瞳人，泼墨的脸色，才是美的极致，不这样便够不上"美人"两字。

王　　一派胡说！黑色是地狱的象征，囚牢的幽暗，和暮夜的阴沉；美貌应该像天色一样清明。

裴　　魔鬼往往化装光明的天使引诱世人。啊！我的爱人有两道黑色的修眉，因为她悲伤世人的愚痴，让涂染的假发以伪乱真，她要向他们证明黑色的神奇。
　　她的美艳转变了流行的风尚，因为脂粉的颜色已经混淆了天然的红白，自爱的女郎们都知道洗尽铅华，学着她把皮肤染成黝黑。

杜　　打扫烟囱的人也是学着她把烟煤涂满一身。

郎　　从此以后，炭坑夫都要得到俊美的名称。

王　　非洲的黑人夸耀他们美丽的肤色。

杜　　黑暗不再需要灯烛，因为黑暗即是光明。

裴　　你们的爱人们永远不敢在雨中走路，她们就怕雨水洗去了脸上的脂粉。

王　　我希望你的爱人不怕淋雨，让雨水把她的脸冲冲干净。

裴　　我要证明她的美貌，拼着舌敝唇焦，一直讲到世界末日的来临。

王　　到那时候你就知道没有一个魔鬼不比她漂亮几分。

杜　　像你这样钟情丑妇的人真是世间少见。

郎　　瞧，这儿是你的爱人；（举鞋示裴）把她的脸多看
　　　两眼。

杜　　啊！要是把你的眼睛铺成道路，也会沾污了她的姗
　　　姗微步。

王　　可是何必这样斤斤争论？我们不是大家都在恋爱吗？

裴　　一点不错，我们大家都毁了誓啦。

王　　那么不要作这种无聊的空谈。好裴朗，现在请你证
　　　明我们的恋爱是合法的；我们的信心并没有遭到损害。

杜　　对了，赞美赞美我们的罪恶。

郎　　啊！用一些充分的理由壮壮我们的胆；用一些巧妙
　　　的诡计把魔鬼轻轻骗过。

杜　　用一些娓娓动听的辩解减除我们叛誓的内疚。

裴　　啊，那是不必要的。好，那么，爱情的战士们，想
　　　一想你们最初发下的誓，绝食，读书，不近女色，
　　　全然是对于绚烂的青春的重大的谋叛！你们能够绝
　　　食吗？你们的肠胃太娇嫩了，绝食会引起种种的病

症。你们虽然立誓发愤读书，要是你们已经抛弃了各人的一本最宝贵的书籍，你们还能在梦寐之中不废吟哦吗？因为除了一张女人的美丽的容颜以外，你，我的陛下，或是你，或是你，什么地方找得到学问的真正价值？从女人的眼睛里我得到这一个教训：它们是艺术的经典，知识的宝库，是它们燃起了智慧的神火。刻苦的钻研可以使活泼的心神变为迟钝，正像长途的跋涉消耗旅人的筋力。你们不看女人的脸，不但放弃了眼睛的天赋的功用，而且根本违背你们立誓求学的原意；因为世上那一个著作家能够像一个女人的眼睛一般把如许的美丽启示读者？学问是我们随身的财产，我们自己在什么地方，我们的学问也跟着我们在一起；那么当我们在女人的眼睛里看见我们自己的时候，我们不是也可以看到它里边存在着我们的学问吗？啊！朋友们，我们发誓读书，同时却抛弃了我们的书本；因为在你们钝拙的思索之中，你，我的陛下，或是你，或是你，几曾歌咏出像美人的慧眼所激发你们的那种火一般热烈的诗句？一切沉闷的学术都局限于脑海之中，它们因为缺少活动，费了极大的艰苦还是绝无收获；可是从一个女人的眼睛里学会了恋爱，却不会禁闭在方寸的心田，它会随着全身的血液，像思想一般迅速地通过了百官四肢，使每一个器官发挥出双倍的效能：它使眼睛增加一重明亮，恋人眼中的光芒可以使猛鹰眩目；恋人的耳朵听得出最微细的声音，任何鬼祟的奸谋都逃不过他的知觉；恋人的感觉比戴壳蜗牛的触角还要微妙灵敏；恋人的舌头使善于辨味的巴邱斯①显得迟钝；讲到勇力，爱情不是像赫邱里斯一般，永远在干着惊人的伟绩吗？像史芬克斯一般狡狯；像那以爱坡罗的金发为弦的天琴一般和谐悦耳；当爱情发言的时候，就像诸神的合唱，使整个的天界陶醉于仙乐之中。诗人不敢提笔抒写他的诗篇，除非他的墨水里调和着爱情的叹息；啊！那时候他的诗句就会感动野蛮的猛兽，激发暴君的天良。从女人的眼睛里我得到这一个教训：它们永远闪耀着智慧的神火；它们是艺术的经典，知识的

---

① 巴邱斯（Bacchus），希腊酒神。——译者注

宝库，装饰，涵容，滋养着整个的世界；没有了它们，

一切都会失去它们的美妙。那么你们真是一群呆子，

甘心把这些女人舍弃；你们谨守你们的誓约，就可

以证明你们的痴愚。为了智慧，这一个众人喜爱的

名词，为了爱情，这一个喜爱众人的名词，为了男人，

一切女人的创造者，为了女人，没有她们便没有男

人，让我们放弃我们的誓约，找到我们自己，否则

我们就要为了谨守誓约而丧失了自己。这样的毁誓

是为神明所容许的；因为慈悲的本身可以代替法律，

谁能把爱情和慈悲分而为二？

王　　那么凭着圣邱必特的名字，兵士们，上阵呀！

裴郎　举起你们的大旗，向她们努力进攻吧，朋友们！

　　　把这些巧妙的字句搁在一旁，老老实实谈一谈吧。

　　　我们要不要决定去向这些法国女郎们求爱？

王　　是的，而且我们一定要达到目的。所以让我们商量

　　　商量用些什么方法娱乐她们。

裴　　第一，让我们从御苑里护送她们到她们的帐幕之内；

　　　然后每一个人握着他的美貌的恋人的纤手回来。在

　　　下午我们要计划一些短时间内可以筹备起来的新奇

的娱乐安慰她们；因为饮酒、跳舞、和狂欢是恋爱

的先驱，是它们把缤纷的花朵铺成一道康衢。

王 去，去！我们现在必须利用每一秒钟的时间。

裴 去，去！种下莠草那能收起佳禾？

那昭昭的天道从不会有私心：

轻狂的娘儿嫁给背信的丈夫；

是顽铜怎么换得到美玉精金？（同下）

第五幕

最有意味的戏谑是以
谑攻谑，让那存心侮
弄的自取其辱。

第一场　拿伐王御苑

【霍罗芬斯，挪坦聂尔牧师，及特尔上。

霍　已而者，已而而已矣。

挪　先生，我为您赞美上帝。您在宴席上这一番议论，
　　的确是犀利隽永，风趣而不俚俗，机智而不做作，
　　大胆而不轻率，渊博而不固执，新奇而不怪僻。我
　　前天跟一个王上手下的人谈话，他的雅篆，他的尊
　　号，他的大名是唐·亚特里安诺·特·阿美陀。

霍　后生小子，何足道哉！这个人秉性傲慢，出言武断，
　　满口虚文，目空一世，高视阔步，旁若无人，可谓
　　狂妄之尤。他太拘泥不化，太矫揉造作，太古怪，
　　也可以说太不近人情了。

挪　一个非常确切而巧妙的断语。（取出笔记簿）

霍　他从贫弱的论据中间，抽出他的琐碎而繁缛的言辞。
　　我痛恨这种荒唐的妄人，这种乖僻而苛细的家伙，
　　这种破坏文字的罪人：明明是 doubt，他却说是 dout；
　　明明是 debt，d-e-b-t，他偏要读做 det，d-e-t；他

把 calf 读成了 cauf，half 读成了 hauf；neighbour 变成 nebour，neigh 的音缩做了 ne。这简直是 abhominable，可是叫他说起来又是 abominable 了。此类谬误之读音，闻之殆于令人痌发；足下其知之乎？所谓痌发者，即发疯之谓也。

挪　　赞美上帝赐给我们学问智慧！

【阿美陀，毛子，及考斯他特上。

挪　　来者其谁耶？

霍　　此固余所乐见者也。

阿　　（向毛）崽子！

霍　　不曰小子而曰崽子，何哉？

阿　　两位文士，幸会了。

霍　　最英勇的武士，敬礼。

毛　　（向考旁白）他们刚从一场文字的盛筵上，偷了些吃剩的肉皮鱼骨回来。

考　　啊！他们一向是靠着咬文嚼字过活的。我奇怪你家主人没有把你当作一个字吞了下去，因为你连头到脚，还没有 honorificabilitudinitatibus 这一个字那么长；把你吞了下去，一点儿不费事。

毛　　静些！钟声敲起来了。

阿　　（向霍）先生，你不是有学问的吗？

毛　　是的，是的；他会教孩子们认字呢。请问把 a，b，颠倒拼起来，头上再加一只角，是个什么字？

霍　　孺子听之，这是一个 Ba 字，多了一只角。

毛　　Ba！好一头出角的蠢羊。你们听听他的学问。

霍　　谁，谁，你说那一个，你这没有母音的子音？

毛　　你自己说起来，是五个母音中间的第三个；要是我说起来，就是第五个。

霍　　让我说说看，——a，e，i，——I 就是我。

毛　　对了，你就是那头羊；让我接下去，——o，u，——You 就是你，那头羊还是你。

阿　　凭着地中海里滚滚的波涛起誓，好巧妙的讥刺，好敏捷的才智！爽快，干脆，一剑就刺中了要害！它欣慰了我的心灵；真聪明！

考　　要是我在这世上一共只剩了一个辨士，我也要把它送给你买姜饼吃。拿去，这是你的主人给我的酬劳，

你这智慧的小钱囊，你这伶俐的鸽蛋。啊！要是上
天愿意让你做我的私生子，你将要使我成为一个多
么快乐的爸爸！好，你正像人家说的，连屁股尖上
都是聪明。

霍　嗳哟！这是什么话？应该说手指尖上，他说成屁股
尖上啦。

阿　学士先生，请了；我们不必理会那些无知无识的人。
你不是在山顶上的那所学校里教授青年的吗？

霍　正是。

阿　先生，王上已经宣布他的最圣明的意旨，要在这一
个白昼的尾闾，那就是粗俗的群众所称为下午的，
到公主的帐幕里访问佳宾。

霍　最高贵的先生，用白昼的尾闾代替下午，果然是再
合式、确切、适当不过的了；真的，先生，这一个
名词选炼得非常佳妙。

阿　先生，王上是一位高贵的绅士，不瞒你说，他是我
的知交，很好的朋友。讲到我们两人之间的交情，
那可以不用提了。请你千万记好你的屈膝的礼节，
戴上你的帽子，还有其他许多关系重要而不可忽视

的仪式，可是那都不用提了。因为我必须告诉你，
王上陛下往往靠在我的卑贱的肩上，用他的御指玩
弄我的废物，我的胡子；可是好人儿，那可不用提
了。我可以发誓我说的不是假话，他老人家曾经把
特殊的恩宠赏给阿美陀，一个军人，一个见过世面
的旅行者；可是那也不用提了。一切的一切是这样
的，可是好人儿，我要请你保守秘密，王上的意思，
要我在那公主面前，可爱的小东西！表演一些有趣
的节目，一些玩艺儿，一些热闹的花样，一些滑稽
的戏剧，或是一些焰火。我因为知道你跟牧师先生
两位对于这种寻开心的事情是很来得的，所以特来
跟你们商量商量，请你们帮帮我的忙。

霍　先生，您可以在她面前表演九大伟人。挪坦聂尔牧
师，我们奉王上的命令，承这位最偄傥贵显而博学
的绅士的嘱托，略效微劳，在这一个白昼的尾闾，
表演一些应时的娱乐于公主之前，照我说起来，没
有比扮演九大伟人的事迹更适当的了。

挪　您在什么地方可以找得到胜任愉快的人来扮演他
们呢？

霍　　您自己扮约书亚①；我自己或是这位偬偬的绅士扮犹
　　　大·麦凯裴厄斯，这乡下人手脚粗大，可以充邦贝
　　　大王；这童儿就叫他扮赫邱里斯，——

阿　　对不起，先生，你错了；他还没有那位伟人的拇指
　　　那么大，他的棍子的一头也要比他粗一些。

霍　　你们愿意听我说吗？他可以扮演幼年的赫邱里斯，
　　　上场下场都在绞弄一条蛇；我还可以预备一段话向
　　　观众解释。

毛　　妙极了的设计！这样要是观众中间有人喝倒采，你
　　　就可以嚷，"好呀，赫邱里斯！你把蛇儿勒死了！"
　　　这样就可以把错处遮掩过去，虽然没有什么人会有
　　　这么厚的脸皮。

阿　　还有那五位伟人呢？——

霍　　我一个人可以扮演三个。

毛　　三重的伟人！

阿　　我可以告诉你们一句话吗？

---

① 约书亚（Joshua），古代以色列先知；犹大·麦凯裴厄斯（Judas
Maccabæus）待考；邦贝（Pompey the Great），罗马大将；赫邱里斯已
见前注。——译者注

霍　　我们愿意洗耳恭听。

阿　　伟人要是扮不成功，我们可以演一出滑稽戏。请你
　　　们跟我来。

霍　　来，特尔好伙计！你直到现在，还没有说过一句话哩。

特　　而且我一句话也没有听懂，先生。

霍　　来！我们也要叫你做些事情。

特　　我可以跟着人家跳跳舞；或者替伟人们打打小鼓，
　　　让别人去跳舞。

霍　　最笨的老实的特尔；来，我们去准备我们的玩意儿
　　　吧！（同下）

第二场　同前；公主帐幕前

【公主，凯萨琳，罗瑟玲，及玛莉霞同上。

公主　好人儿们，要是每天有这么多的礼物源源而来，我们在回国以前，一定可以变成巨富了。一个被金刚钻包围的女郎！瞧这位多情的国王给我些什么东西。

罗　公主，没有别的东西跟着它一起送来吗？

公主　没有别的东西！怎么没有？他用塞满了爱情的诗句密密地写在一张纸的两面，连边上都不留出一点空白；他恨不得用邱必特的名字把它封起来呢。

罗　这位小神仙要管这么多的闲事，他就会老起来的；他已经做了五千年的孩子了。

凯　嗯，他也是个倒霉的催命鬼。

罗　你再也不会跟他要好，因为他杀死了你的姊姊。

凯　他使她悲哀忧闷；她就是这样死了。要是她也像你一样轻狂，有你这样一副风流活泼的性情，她也许会做过了祖母才死。你大概也有做祖母的一天，因为无忧无虑的人是容易长命的。

公主　说得好。可是罗瑟玲，你不是也收到一件礼物吗？
是谁送来的？是什么东西？

罗　我希望您知道，只要我的脸庞也像您一样娇艳，我
也可以收到像您一样贵重的礼物；瞧这个吧。嘿，
我也有一首诗呢，谢谢裴朗：那音律倒是毫无错误；
要是那诗句也没有说错，我就是地上最美的女神；
他把我跟二万个美人比较。啊！他在这信里还替我
描下一幅小像哩。

公主　（向凯）可是漂亮的杜曼送给你什么东西？

凯　公主，他给我这一只手套。

公主　他没有送你一双吗？

凯　是的，公主；而且他还写了一千行表明他爱情忠实
的诗句，全然是一大堆假惺惺的废话，非但拙劣不
堪，而且无聊透顶。

玛　这个，还有这些珍珠，都是郎格维送给我的；他的
信写得足足有半哩路长。

公主　你心里不是希望这项链再长一些，这信再短一些吗？

玛　正是，否则愿我这双手合拢了再也分不开来。

公主　我们都是聪明的女孩子，才会这样讥笑我们的爱人。

罗　他们都是蠢透的傻瓜，才会出了这样的代价来买我
们的讥笑。我要在我未去以前，把那个裴朗大大折
磨一下。啊，要是我知道他在一星期内就会落下情
网！我一定要叫他摇尾乞怜，殷勤求爱；叫他静候
时机，耐心等待；叫他呕尽才华，写下无聊的诗句；
叫他奉命驱驰，甘受诸般的辛苦：我尽管冷嘲热骂，
他却是受宠若惊；他做了我手中玩物，我变成他司
命灾星。

公主　聪明人变成了痴愚，是一条最容易上钩的游鱼；因
为他凭恃才高学广，看不见自己的狂妄。

罗　中年人动了春心，比年青的更要一发难禁。

玛　愚人的蠢事算不得希奇，聪明人的蠢事才叫人笑痛
肚皮；因为他用全副的本领，证明他自己的愚笨。

【鲍益上。

公主　鲍益来了，他满脸都是高兴。

鲍　啊！我笑死了。公主殿下呢？

公主　你有什么消息，鲍益？

鲍　预备，公主，预备！——武装起来，姑娘们，武装起来！大队人马要来破坏你们的和平了。爱情用说辞做他的武器，乔装改扮，要来袭击你们了。集合你们的智慧，布置你们的防御；否则像懦夫一样缩紧了头，赶快逃走吧。

公主　圣邱必特呀！那些用言语来向我们挑战的是什么人？说，探子，说。

鲍　在一株枫树的凉荫之下，我正想睡它半点钟的时间，忽然在树阴的对面，我看见了国王和他的一群同伴；我就小小心心地溜进了一丛附近的树林里，听听他们说些什么话；原来他们打算过一会儿就要化了装到这儿来啦。他们的先驱是一个刁钻伶俐的童儿，他已经背熟了他们叫他传达的使命；他们就在那边教他动作的姿势和说话的声调，"你必须这样说，你的身体必须站得这个样子。"他们又怕他当着贵人的面前，会吓得说不出话来；"因为"，那国王说，"你将要看见一位天使；可是不用害怕，尽管放大胆子说。"那孩子却回答说，"天使又不是妖精；倘然她是一个魔鬼，我才应该怕她。"大家听了这句话，都笑起来，拍他的肩膀；那大胆的小油嘴得到他们的夸奖，便格外大胆了。一个掀着他的肘子，咧开了嘴，发誓说从来没有人说过一句比这更俏皮的话；一个翘起了手指嚷着，"嘿！不管结果如何，我们一定要干一下"；一个边跳边嚷，"一切顺利"；还有一个踮起脚趾旋了个身，一交跌在地上。于是大家全都在地上打起滚来，疯了似的笑个不停，笑得连眼泪都淌下来了。

公主　可是，可是，他们要来访问我们吗？

鲍　是的，是的；照我猜想起来，他们都要扮成俄罗斯人的样子。他们的目的是谈情求爱和跳舞；凭着他们赠送的礼物，认明各人恋爱的对象，倾吐自己倾慕的衷诚。

公主　他们想要这样吗？我们倒要把这些情人们作弄一下。姑娘们，我们每一个人都要套上脸罩，无论他们怎样请求，我们都不让他们瞧见我们的脸孔。拿着，罗瑟玲，你把这一件礼物佩在身上，国王就会把你当作他的心爱的人；你把这拿了去，我的好人儿，再把你的给我，裴朗就会把我当作罗瑟玲了。你们两人也各人交换了礼物，让你们的情人大家认错了求爱的对手。

罗　　那么来，大家把礼物佩戴在最注目的地方。

凯　　可是这样交换了，您有什么目的呢？

公主　我的目的就是要使他们不能达到目的。他们的用意不过是向我们开开顽笑，所以我们也要开开他们的顽笑。他们现在向认错了的爱人吐露心曲，下回我们用本来面目和他们相见的时候，便可以把他们尽情奚落。

罗　　可是假如他们要求我们跳舞，我们要不要陪他们跳呢？

公主　不，我们死也不动一步脚。我们也不要理会他们预先写就的说辞，当他们开口的时候，各人都把脸孔扭了转去。

鲍　　嗳哟，说话的人遭到了这样的冷淡，一定会伤心得忘记了他的词句的。

公主　那正是我的用意所在；我相信只要一个人受了没趣，别人都会失去了勇气。最有意味的戏谑是以谑攻谑，让那存心侮弄的自取其辱；且看他们撞了一鼻子的

烟灰，乘兴而来，败兴而归。（内吹喇叭声）

鲍　　喇叭响了；戴上脸罩；跳舞的人来啦。（众女戴脸罩）

【众乐工扮黑人，毛子前行，国王，裴朗，郎格维，及杜曼各扮俄罗斯人戴假脸上。

毛　　"万福，地上最富丽的美人们！最娇艳的女郎的神圣之群，（众女转背）你们曼妙的——背影——为世人所瞻仰！"

裴　　"你们曼妙的容华"，混蛋，"你们曼妙的容华。"

毛　　"你们曼妙的容华为世人所瞻仰！天仙们啊，愿你们大发恩慈，闭上你们——"

裴　　"睁开你们——"，混蛋！

毛　　"睁开你们阳光普照的眼睛——阳光普照的眼睛——"她们睬也不睬我，我念不下去了。

裴　　这就是你的好记性吗？滚开，你这混蛋！（毛下）

罗　　这些异邦人到这儿来有什么事？鲍益，你去问问他们，要是他们会讲我们的言语，就叫他们举出一个老老实实的人来说明他们的来意。你去问吧。

鲍　你们来见公主有什么事？

裴　我们唯一的愿望，只是和平而善意的晋谒。

罗　他们说他们有什么事？

鲍　他们唯一的愿望，只是和平而善意的晋谒。

罗　那么他们已经谒见过了；叫他们去吧。

鲍　公主说，你们已经谒见过了，叫你们去吧。

王　对她说，我们为了希望在这草坪上和她跳一次舞，已经跋涉山川，用我们的脚步丈量了不少的路程。

鲍　他们说，他们为了希望在这草坪上和您跳一次舞，已经跋涉山川，用他们的脚步丈量了不少的路程。

罗　没有的事。问他们一哩路有多少时；要是他们已经丈量过不少路程，一哩路的时数是很容易计算出来的。

鲍　要是你们迢迢来此，已经丈量过不少路程，公主问你们一哩路有多少时。

裴　告诉她我们是用疲乏的脚步丈量的。

鲍　她已经听见了。

罗　在你们所经过的许多疲乏的路程之中，走一哩路需要多少疲乏的脚步？

裴　我们从不计算我们为您所费的辛勤；我们的忠心是
　　无限的富有，不能用数字估计的。愿您展现您脸上
　　的阳光，让我们像一群野蛮人一样，可以向它顶礼
　　膜拜。

罗　我的脸不过是一个月亮，而且是遮着乌云的。

王　遮蔽着这样的明月，那乌云是幸福的！皎洁的明月，
　　和你的灿烂的众星啊，愿你们扫去浮云，把你们的
　　光明照射在我们的眼波之上。

罗　愚妄的祈求者啊！你不要追寻镜里的空花，水中的
　　明月；你应该请求一些更重要的事物。

王　那么请你陪我们跳一回舞。你叫我请求，这一个请
　　求应该不算过分。

罗　那么音乐，奏起来！你要跳舞必须赶快。（奏乐）不！
　　不跳了！我正像月亮一般，一下子又有了更改。

王　您不愿跳舞吗？怎么又突然走开？

罗　你刚才看见的是满月，现在她已经变了。

王　可是她还是这一个月亮，我还是这一个人。音乐在
　　奏着，请给它一些动作吧。

罗　我们的耳朵在听着呢。

王　可是您必须提起您的腿来。

罗　既然你们都是些异邦人，偶然来到这里，我们也不
　　必过于拘谨；挽着我的手；我们不跳舞了。

王　那么为什么要挽手呢？

罗　因为我们可以像朋友似的握手而别。好人儿们，行
　　个礼；跳舞已经完了。

王　再跳两步吧；不要这样吝啬。

罗　凭着这样的代价，我们不能满足你们超过限度的要求。

王　那么你们是有价格的吗？怎样的代价才可以买到你
　　们伴舞的光荣？

罗　唯一的代价是请你们离开这里。

王　那是永远不可能的。

罗　那么我们是买不到的；再会！

王　要是您拒绝跳舞，让我们谈谈心怎么样？

罗　那么找个僻静点儿的所在吧。

王　那好极了。（二人趋一旁谈话）

裴　玉手纤纤的姑娘，让我跟你谈一句甜甜的话儿。

公主　蜂蜜，牛乳，蔗糖，我已经说了三句了。

裴　你既然这样俏皮，我也要回答你三句，百花露，麦

芽汁，葡萄酒。好得很，我们各人都掷了个三点。现在是有六种甜啦。

公主　第七种甜，再会吧；您既然是个无赖的赌徒，我不要再跟您玩啦。

裴　让我悄悄儿告诉你一句话。

公主　可不要是句甜甜的话儿。

裴　你不知道我心里多苦！（二人趋一旁谈话）

杜　您愿意跟我交换一句话吗？

玛　说吧。

杜　美貌的姑娘，——

玛　您这样说吗？"漂亮的先生"；把这句话交换您的"美貌的姑娘"吧。

杜　请您允许我跟您悄悄说句话儿，我就向您告辞。（二人趋一旁谈话）

凯　怎么！您的假脸上没有舌头的吗？

郎　姑娘，我知道您这样问我的原因。

凯　啊！把您的原因说出来；快些，先生；我很想听一听呢。

郎　在您的脸罩之内，您有两条舌头，所以要想借一条

给我那不会说话的假脸。让我在未死以前，跟您悄

悄儿说句话吧。

凯　　那么轻轻地叫吧，小牛儿；屠夫在听着呢。（二人

　　　　趋一旁谈话）

鲍　　姑娘们一张尖刻的利嘴，

　　　　就像无形的剃刀般锋锐，

　　　　任是最纤细的秋毫微末，

　　　　碰着它免不了迎刃而折；

　　　　她们的想像驾起了羽翼，

　　　　最快的风比不上它迅疾。

罗　　别再说下去了，我的姑娘们；停止，停止。

裴　　天哪，大家都被她们取笑得狼狈不堪！

王　　再会，疯狂的姑娘们，你们真是稀有的刁钻。

公主　　二十个再会，我的冰冻的莫斯科人！（王、众臣、

　　　　乐工、及侍从等下）这些就是举世钦佩的聪明人吗？

鲍　　他们的聪明不过是蜡烛的微光，被你们可爱的气息

　　　　一吹就吹熄了。

罗　　他们都有一点小小的才情，可是粗俗不堪。

公主　　啊，贫乏的智慧！身为国王，受到这样无情的揶揄！

你们想他们今晚会不会上吊？或者从此以后，不套假脸再也不敢见人？这放肆的裴朗今天丢尽了脸皮。

罗　　啊！他们全都狼狈万分。那国王因为想不出一句巧妙的答复，简直急得哭出来呢。

公主　　裴朗发了无数的誓；他越是发誓，人家越是不相信他。

玛　　杜曼把他自己和他的剑呈献给我，愿意为我服役；我说，"可惜你的剑是没有锋的"；我的仆人立刻闭住了嘴。

凯　　郎格维大人说，我占据着他的心；你们猜他叫我什么？

公主　　是不是他的心病？

凯　　正是。

公主　　去，你这无药可治的恶症！

罗　　你们要不要知道？国王是我的信誓旦旦的爱人哩。

公主　　伶俐的裴朗已经向我矢告他的忠诚。

凯　　郎格维愿意终身供我的驱策。

玛　　杜曼是我的，正像树皮长在树干上一般毫无疑问。

鲍　　公主和各位可爱的姑娘们，听着：他们立刻就会用他们的本来面目再到这儿来，因为他们决不能忍受这样刻毒的侮辱。

公主　他们还会回来吗？

鲍　他们会来的，他们会来的，上帝知道；虽然打跛了脚，他们也会高兴得跳起来。所以把你们的礼物各还原主，等他们回来的时候，像芬芳的蔷薇一般在薰风里开放吧。

公主　怎么开放？怎么开放？说得明白一些。

鲍　美貌的姑娘们蒙着脸罩，是一朵朵含苞待放的蔷薇；卸下脸罩，露出她们娇媚的红颜，就像云中出现的天使，或是盈盈展瓣的鲜花。

公主　不要说这种哑谜似的话！要是他们用他们的本来面目再来向我们求爱，我们应该怎么办呢？

罗　好公主，他们改头换面的来，我们已经把他们取笑过了；要是您愿意采纳我的意见，他们明目张胆的来，我们还是要把他们取笑。让我们向他们诉苦，说是刚才来了一群傻瓜，装扮做俄罗斯人的样子，穿着不三不四的服饰，不知道究竟是些什么东西；他们凭着一股浮薄的腔调，一段恶劣的致辞，和一副荒唐的形状，到我们帐里来显露他们的丑态，不知究竟有些什么目的。

鲍 姑娘们，进去吧；那些情人们就要来了。

公主 像一群小鹿似的，跳进你们的帐里去吧。（公主、罗、凯、玛同下）

【国王，裴朗，郎格维，及杜曼各穿原服重上。

王 好先生，上帝保佑你！公主呢？

鲍 进帐去了。请问陛下有没有什么谕旨，要我向她传达的？

王 请她允许我见见面，我有一句话要跟她谈谈。

鲍 遵命；我知道她一定会允许您的，陛下。（下）

裴 这家伙惯爱拾人牙慧，就像鸽子啄食青豆，一碰到天赐的机会，就要卖弄他的伶牙俐口。他是个智慧的稗贩，宴会里，市集上，到处向人兜卖；我们这些经营批发的，上帝知道，再也学不会他这一副油腔滑调。他是妇人的爱宠，娘儿们见了他都要牵裳挽袖；要是他做了亚当，夏娃免不了被他勾诱。他会扭捏作态，他会吞吐其声；他会把他的手吻个不住，表示他礼貌的殷勤。他是文明的猴儿，他是儒雅的绅士；他在赌博的时候，也不会用恶言怒骂他的骰子。

"好人儿"是妇女们给他的名称；他走上楼梯，梯子也要吻他脚下的泥尘；他见了每一个人满脸生花，嘻开了那鲸骨一样洁白的齿牙：谁只要一提起鲍益的名字，都知道他是位舌头上涂蜜的绅士。

【鲍益前导，公主，罗瑟玲，玛莉霞，凯萨琳，及侍从等重上。

裴　　瞧，他来了！礼貌啊，在这个人还没有把你表现出来以前，你是什么东西？现在你又是什么东西？

王　　万福，亲爱的公主！我们今天专诚拜访的目的，是要迎接你到我们宫庭里去盘桓盘桓，略尽地主之谊，愿你不要推辞。

公主　　这一块广场可以容留我，它也必须替您保全您的誓言；上帝和我都不欢喜背誓的人。

王　　不要责备我，因为这不是我自己的过失；你的美目的魔力使我破坏了誓言。

公主　凭着我那像一尘不染的莲花一般纯洁的处女的贞操
　　　起誓，即使我必须忍受无穷尽的磨难，我也不愿做
　　　您府上的客人；我不愿因为我的缘故，使您毁弃了
　　　立誓信守的神圣的盟约。

王　　啊！你冷冷清清地住在这儿不让人家看见，也没有
　　　人来看你，实在使我感到莫大的歉仄。

公主　不，陛下，我发誓您的话不符事实；我们在这儿并
　　　不缺少消遣娱乐，刚才还有一队俄罗斯人来过，他
　　　们去得还不久哩。

王　　怎么，公主！俄罗斯人？

公主　是的，陛下；都是衣冠楚楚，神采轩昂，温文有礼
　　　的风流人物。

罗　　公主，不要骗人。不是这样的，陛下；我家公主因
　　　为沾染了时尚，所以会作这样过分的赞美。我们四
　　　个人刚才的确碰见四个穿着俄罗斯装束的人，他们
　　　在这儿耽留了一小时的时间，噜哩噜苏地讲了许多
　　　话；可是在那一小时之内，陛下，他们不曾让我们
　　　听到一句有意思的话。我不敢骂他们呆子；可是我

想，当他们口渴的时候，呆子们一定很想喝一点水。

裴 这一句笑话在我听起来很是干燥。温柔美貌的佳人，您的智慧使您把聪明看成了愚蠢。当我们仰望着天上的火眼的时候，无论我们自己的眼睛多么明亮，也会在耀目的金光之下失去它本来的光彩；您自己因为有了浩如烟海的才华，所以在您看起来，当然聪明也会变成愚蠢，富有也会变成贫乏啦。

罗 这可以证明您是聪明而富有的，因为在我的眼中，——

裴 我是一个穷光蛋的傻瓜。

罗 这个头衔倘不是本来属于您的，您就不该从我的舌头上夺去我的说话。

裴 啊！我是您的，我所有的一切也都是您的。

罗 这一个傻瓜整个儿是属于我的吗？

裴 我所给您的，不能更少于此了。

罗 您本来套的是那一张假脸？

裴 那儿？什么时候？什么假脸？您为什么问我这个问题？

罗 当地，当时，就是那一张假脸；您不是套着一具比您自己好看一些的脸壳，遮掩了一副比它更难看的尊容吗？

王　我们的秘密被她们发现了；她们现在一定要把我们
　　取笑得身无完肤了。

杜　我们还是招认了，把这回事情当作一场笑话过去了吧。

公主　发呆了吗，陛下？陛下为什么这样不高兴？

罗　嗳哟，救命！按住他的额角！他要晕过去了。您为
　　什么脸色发白？我想大概因为从莫斯科来，多受了
　　些海上的风浪吧。

裴　天上的星星因为我们发了伪誓，所以把这样的灾祸
　　降在我们头上。那一张铁铸的厚脸，能够恬不为意
　　呢？——姑娘，我站在这儿，把你的舌箭唇枪向我
　　投射，用嘲笑把我伤害，用揶揄使我昏迷，用你锋
　　锐的机智刺透我的愚昧，用你尖刻的思想把我寸寸
　　解剖吧；我再也不穿着俄罗斯人的服装，希望你陪
　　我跳舞了。啊！从此以后，我再也不信任那些预先
　　拟就的说辞，像学童背书似的诉述我的情思；我再
　　也不套着脸具访问我的恋人，像盲师奏乐似的用诗
　　句求婚；那些绢一般柔滑，绸一般细致的字句，三
　　重的夸张，刻意雕琢的言语，还有那冬烘的辞藻，

像一群下卵的苍蝇，让蛆一样的矜饰汩没了我的性灵，我从此一切抛弃；凭着这洁白的手套，——那手儿有多少白，上帝知道！——我发誓要用土布般坚韧的"是"，粗毡般质朴的"不"，把我恋慕的深情向你申说。让我现在开始，姑娘，——上帝保佑我！——我对你的爱是完整的，没有一点残破。海枯石烂——

罗   不要"海枯石烂"了，我求求你。

裴   这是我积习未除；原谅我，我的病根太深了，必须把它慢慢除去。

王   亲爱的公主，为了我们卤莽的错误，指点我们一个巧妙的辩解吧。

公主   坦白的供认是最好的辩解。您刚才不是改扮了到这儿来过的吗？

王   公主，是的。

公主   您没有得到一番很好的教训吗？

王   我得到了，公主。

公主   那时候您在您爱人的耳边轻轻的说过些什么来着？

王   我说我尊敬她甚于整个的世界。

公主　等到她要求您履行您对她的誓言的时候，您就要否认说过这样的话了。

王　凭着我的荣誉起誓，我决不否认。

公主　且慢！且慢！不要随便发誓；一次背誓以后，什么誓都是靠不住的了。

王　我要是毁弃了这一个誓，你可以永远轻视我。

公主　我要轻视您的，所以千万遵守着吧。罗瑟玲，那俄罗斯人在你的耳边轻轻的说过些什么来着？

罗　公主，他发誓说他把我当作自己的瞳人一样宝爱，重视我甚于整个的世界；他还说他要娶我为妻，否则就要爱我而死。

公主　上帝祝福你嫁到这样一位丈夫！这位高贵的君王是决不食言的。

王　这是什么意思，公主？凭着我的生命和忠诚起誓，我从不曾向这位姑娘发过这样的盟誓。

罗　苍天在上，您发过的；为了证明您的信实，您还给我这一件东西；可是陛下，请您把它拿回去吧。

王　我把我的赤心和这东西一起献给公主的；凭着她衣袖上佩带的宝石，我认明是她。

公主 对不起，陛下，刚才佩带这宝石的是她呀。裴朗大人才是我的爱人，我得谢谢他。喂，裴朗大人，您还是要我呢，还是要我把您的珍珠还给您？

裴 什么都不要；我全都放弃了。我懂得你们的诡计，你们预先知道了我们的把戏，有心捣乱，让它变成一本圣诞节的喜剧。那一个鼓唇摇舌的家伙，那一个逢迎献媚的佞人，那一个无聊下贱的蠢物，那一个搬弄是非的食客，那一个伺候颜色的奴才，泄漏了我们的计划，这些淑女们因为听到这样的消息，才把各人收到的礼物交换佩带，我们只知道认明标记，却不曾想到已经张冠李戴。我们本来已经负上一重欺神背誓的罪名，现在又加上第二次的背誓；第一次是有意，这一次是无心。（向鲍）看来都是你破坏了我们的兴致，使我们言而无信。你不是连我们公主的脚寸有多少长短也知道得清清楚楚，老是望着她的眼睛堆起了一脸笑容的吗？你不是常常靠着火炉，站在她的背后，手里捧了一盆食物，讲些逗人发笑的话吗？好，你是个有特权的人，随你什么时候死，让一件女人的衬衫做你的殓衾吧。你把眼睛瞟着我吗？哼，你的眼睛就像一柄铅剑，伤不了人的。

鲍　这一场顽意儿安排得真好，怪有趣的。

裴　听！他简直向我挑战。算了，我可不跟你斗嘴啦。

【考斯他特上。

裴　欢迎，纯粹的哲人！你来得正好，否则我们又要开始一场恶战了。

考　主啊！先生，他们想要知道那三位伟人要不要就进来？

裴　什么，只有三个吗？

考　不，先生；好得很，因为每一个人都扮着三个哩。

裴　三个的三倍是九个。

考　不，先生；您错了，先生，我想不是这样。我们知道就知道，不知道就不知道；我希望，先生，三个的三倍——

裴　不是九个。

考　先生，我们一定要知道了总数以后，才知道究竟有多少。

裴　　天哪，我一向总以为三个的三倍是九个。

考　　主啊，先生！您可不能靠着打算盘吃饭哩，先生。

裴　　那么究竟多少呀？

考　　主啊，先生！那班表演的人，先生，可以让您知道
　　　究竟一共有几个；讲到我自己，那么正像他们说的，
　　　我这个下贱的人，只好扮演一个；我扮的是邦贝大
　　　王，先生。

裴　　你也是一个伟人吗？

考　　他们以为我可以扮演邦贝大王；讲到我自己，我可
　　　不知道伟人是一个什么官衔，可是，他们要叫我扮
　　　演他。

裴　　去，叫他们预备起来。

考　　我们一定会演得好好的，先生；我们一定演得非常
　　　小心。（下）

王　　裴朗，他们一定会丢了我们的脸；叫他们不要来吧。

裴　　我们的脸已经丢尽了，陛下，还怕什么？让他们表
　　　演一幕比国王和他的同伴们所表演的更拙劣的戏
　　　剧，也可以遮遮我们的羞。

王　　我说不要叫他们来。

公主　　不，我的好陛下，这一回让我作了主吧。最有趣的
　　　　游戏是看一群手脚无措的人表演一些他们自己也不
　　　　明白的顽意儿；他们拼命卖力，想讨人家的欢喜，
　　　　结果却在过分卖力之中失去了原来的意义；虽然他
　　　　们糟蹋了大好的材料，他们那慌张的姿态却很可以
　　　　博人一笑。

裴　　　陛下，这几句话把我们的游戏形容得确切之至。

【阿美陀上。

阿　　　天命的君王，我请求你略微吐出一些芳香的御气，
　　　　赐给我一两句尊严的圣语。（阿与王谈话，以一纸
　　　　呈王）

公主　　这个人是敬奉上帝的吗？

裴　　　您为什么问这个问题？

公主　　他讲的话不像是一个上帝造下的人所说的。

阿　　　那都是一样，我的美好的，可爱的，蜜一般甜的王上；
　　　　因为我要声明一句，那教书先生是太怪僻，太太自
　　　　负，太太自负了；可是我们只好像人家说的，胜败

各凭天命。愿你们心灵安静，最尊贵的一双！（下）

王　　看来要有一场很出色的伟人表演哩。他扮的是特洛埃的赫克脱；那乡人扮邦贝大王；教区牧师扮亚力山大；阿美陀的童儿扮赫邱里斯；那村学究扮犹大·麦凯裴厄斯；要是这四位伟人在第一场表演中得到成功，他们就要改换服装，再来表演其余的五个。

裴　　在第一场里有五个伟人。

王　　你弄错了，不是五个。

裴　　一个冬烘学究，一个法螺武士，一个穷酸牧师，一个傻瓜，一个孩子；要是我们对于初次登场的人不要责望过奢，那么全世界也找不出同样的五个人来。

王　　船已经扯起帆篷，乘风而来了。

　　【考斯他特穿甲胄扮邦贝重上。

考　　"我是邦贝，——"

鲍　　胡说，你不是他。

考　　"我是邦贝，人称邦贝老大，——"

杜　　"大王。"

考　　是"大王"，先生。"——人称邦贝大王；

　　　在战场上挺起盾牌，杀得敌人流浆；

　　　这回沿着海岸旅行，偶然经过贵邦，

　　　放下武器，敬礼法兰西的可爱姑娘。"

　　　公主小姐要是说一声"谢谢你，邦贝"，我就可以

　　　下场了。

公主　多谢多谢，伟大的邦贝。

考　　这不算什么；可是我希望我没有闹了笑话。我就是

　　　把"大王"念错了。

裴　　我把我的帽子跟别人打赌半辨士，邦贝是最好的伟人。

　　　【挪坦聂尔牧师穿甲胄扮亚力山大①上。

挪　　"当我在世之日，我是世界的主人；

　　　东西南北四方传布征服的威名：

　　　我的盾牌证明我就是亚力山大，——"

_____

①亚力山大（Alexander），马其顿雄主。——译者注

鲍　　你的鼻子说不，你不是；因为它太直了。

裴　　你的鼻子也会嗅出个"不"字来，真是一位嗅觉灵敏的武士。

公主　这位征服者在发恼了。说下去，好亚力山大。

挪　　"当我在世之日，我是世界的主人；——"

鲍　　不错，对的；你是世界的主人，亚力山大。

裴　　邦贝大王，——

考　　您的仆人考斯他特在此。

裴　　把这征服者，把这亚力山大捧下去。

考　　（向挪）啊！先生，您丧尽了亚力山大的威风！从此以后，人家要把您的尊容从画布上擦掉，把您那衔着斧头坐在便桶上的狮子送给哀杰克斯；他将要坐第九把伟人的交椅了。一个盖世的英雄，吓得不敢说话！赶快溜走吧，亚力山大，别丢脸啦！（挪退下）各位看吧，一个又笨又和善的人；一个老实的家伙，你们瞧，一下子就会着慌！他是个很好的邻居，凭良心说，而且滚得一手好球；可是叫他扮亚力山大，——唉，你们都看见的，实在有点儿不配。可是还有几个伟人就要来啦，他们会用另外一种样式说出他们的心思来的。

公主　　站开，好邦贝。

【霍罗芬斯穿甲胄扮犹大；毛子穿甲胄扮赫邱里斯上。

霍　　　"这小鬼扮的是赫邱里斯，

他一棍打得死三头狯犬；

他在儿童孩稚少小之时，

多少的蛇死于他的铁腕。

诸位听了我这一番交代，

请看他幼年的英雄气概。"

放出一些威势来，下去。（毛退下）

"我是犹大。——"

杜　　　一个犹大！

霍　　　不是犹大·依斯凯吕奥脱①，先生。

"我是犹大，姓麦凯裴厄斯，——"

----

①犹大·依斯凯吕奥脱（Judas Iscariot），出卖耶稣之门徒。——
译者注

裴　　你怎么证明你不是当面接吻,背地里出卖基督的犹大?

霍　　"我是犹大,——"

杜　　不要脸的犹大!

霍　　您是什么意思,先生?

鲍　　他的意思是要叫你去上吊。

霍　　你们不能这样不给我一点脸子。

裴　　因为你是没有脸子的。

霍　　这是什么?

鲍　　一个琵琶头。

杜　　一个针孔。

裴　　一个指环上的骷髅。

郎　　一张模糊不清的罗马古钱上的脸孔。

鲍　　该撒的剑把。

杜　　水瓶上的骨雕人面。

裴　　别针上半面的圣乔治。

杜　　嗯,这别针还是铅的。

裴　　嗯,插在一个拔牙齿人的帽子上。现在说下去吧,

　　　因为我们已经给你许多脸子了。

霍　　这太刻薄,太欺人,太不客气啦。

鲍　　替犹大先生拿一个火来！天黑起来了，他也许会跌交。

公主　　唉，可怜的麦凯裴厄斯！他给你们作弄得好苦！

　　【阿美陀披甲胄扮赫克脱重上。

裴　　藏好你的头，亚契尔斯；赫克脱①全身甲胄来了。

王　　跟这个人一比，赫克脱不过是一个特洛埃人。

鲍　　可是这是赫克脱吗？

王　　我想赫克脱不会长得这么漂亮。

郎　　赫克脱的小腿也不会有这么粗。

裴　　这个人决不是赫克脱。

杜　　他不是一个天神，就是一个画师，因为他会制造千
　　　变万化的脸相。

阿　　"马斯，那长枪万能的无敌战神，

　　　垂眷于赫克脱，——"

杜　　你们猜马斯给赫克脱一件什么东西？

————————

　　① 赫克脱(Hector)，特洛埃最英勇之战士，亚契尔斯（Achilles）
之劲敌；后者为特洛埃战役中希腊第一名将。——译者注

裴　　　一颗镀金的荳蔻。

郎　　　一只柠檬。

杜　　　里头塞着丁香。

阿　　　不要吵!

　　　　"马斯,那长枪万能的无敌战神,

　　　　垂眷于赫克脱,伊里恩①的后人,

　　　　把无限勇力充满了他的全身,

　　　　使他百战不怠,从清晨到黄昏。

　　　　我就是那战士之花,——"

杜　　　那薄荷花。

郎　　　那白鸽花。

阿　　　亲爱的郎格维大人,请你把你的舌头收一收住。

郎　　　我必须用缰绳拉住它,免得它冲倒了赫克脱。

阿　　　这位可爱的武士久已死去烂掉了;好人儿们,不要
　　　　敲死人的骨头;当他在世的时候,他也是一条汉子。
　　　　可是我要继续我的台词。(向公主)亲爱的公主,
　　　　请你俯赐垂听。

_____

　　①伊里恩(Ilium),特洛埃(Troy)之别名。——译者注

公主　说吧，勇敢的赫克脱；我们很欢喜听着你哩。

阿　我崇拜你的可爱的纤履。

　　"这赫克脱比汉尼堡①凶狠万分，——"

考　那个人已经有了孕啦；赫克脱朋友，她有了孕啦；

　　她已经怀了两个月的身子。

阿　你说什么话？

考　真的，您要是不做一个老老实实的特洛埃人，这可

　　怜的丫头就要从此完啦。她有了孕，那孩子已经在

　　她的肚子里说话了；它是您的。

阿　你要在这些君主贵人之前破坏我的名誉吗？我要叫

　　你死。

考　赫克脱害雅昆妮姐有了身孕，本该抽一顿鞭子；要

　　是他再犯了杀死邦贝的人命重案，绞罪是免不了的。

杜　举世无匹的邦贝！

鲍　遐迩闻名的邦贝！

裴　比伟大更伟大，伟大的，伟大的，伟大的邦贝！庞

　　大绝伦的邦贝！

---

　　① 汉尼堡（Hannibal），迦泰基名将。——译者注

杜	赫克脱发抖了。
裴	邦贝也动怒了。打！打！叫他们打起来！叫他们打起来！
杜	赫克脱会向他挑战的。
裴	嗯，即使他肚子里所有的男人的血，还喂不饱一头跳蚤。
阿	凭着北极起誓，我要向你挑战。
考	我不知道什么北极不北极；我只知道拿起一柄剑就斫。请你让我再去借那身盔甲穿上。
杜	伟人发怒了，让开！
考	我就穿着衬衫跟你打。
杜	最坚决的邦贝！
毛	主人，让我给您解开一个钮扣。您不看见邦贝已经脱下衣服，准备厮杀了吗？您是什么意思？您这样会毁了您的名誉的。
阿	各位先生和武士，原谅我；我不愿穿着衬衫决斗。
杜	你不能拒绝；邦贝已经向你挑战了。
阿	好人儿们，我可以拒绝，我必须拒绝。
裴	你凭着什么理由拒绝？

阿　　赤裸裸的事实是，我没有衬衫。我因为忏悔罪孽，

　　　　贴身只穿着一件羊毛的衣服。

鲍　　真的，罗马因为缺少麻布，所以向教徒们下了这样

　　　　的命令；自从那时候起，我可以发誓，他只有一方

　　　　雅昆妮妲的揩碟布系在他的胸前，作为一件纪念的

　　　　礼物。

【法国使者马凯特上。

马　　上帝保佑您，公主！

公主　欢迎，马凯特；可是你打断我们的兴致了。

马　　我很抱歉，公主，因为我给您带来了一个我所不愿

　　　　意出口的消息。您的父王——

公主　死了，一定是的！

马　　正是，我的话已经被您代说了。

裴　　各位伟人，大家去吧！这场面被愁云笼罩起来了。

阿　　讲到我自己，却呼吸到了自由的空气。从反省的小

　　　　孔之中，我已经看见了自己的过失，我要像一个军

　　　　人般补赎我的错误。（众伟人下）

王　　公主安好吗？

公主　　鲍益，准备起来；我今天晚上就要动身。

王　　公主，不；请你再少留几天。

公主　　我说，准备起来。殷勤的陛下和各位大人，我感谢
　　　　你们一切善意的努力；我还要用我这一颗新遭惨变
　　　　的心灵向你们请求，要是我们在言语之间有什么放
　　　　肆失礼之处，愿你们运用广大的智慧，多多包涵我
　　　　们任性的孟浪；是你们的宽容纵坏了我们。再会，
　　　　陛下！一个人在悲哀之中，说不出娓娓动听的话；
　　　　原谅我用这样菲薄的感谢，交换您的慷慨的允诺。

王　　人生的种种鹄的，往往在最后关头达到了完成的境
　　　　界；长期的艰辛所不能取得结果的，却会在无意之
　　　　中得到决定。虽然天伦的哀痛打断了爱情的温柔的
　　　　礼仪，使它不敢提出那萦绕心头的神圣的请求，可
　　　　是这一个论题既然已经开始，让悲伤的暗云不要压
　　　　下它的心愿吧；因为欣幸获得新交的朋友，是比哀
　　　　悼已故的亲人更为有益的。

公主　　我不懂您的意思；我的悲哀是双重的。

裴　　坦白直率的言语，最容易打动悲哀的耳朵；让我替

王上解释他的意思。为了你们的缘故，我们蹉跎了大好的光阴，毁弃了神圣的誓言。你们的美貌，女郎们，使我们神魂颠倒，违反了我们本来的意志。恋爱是充满了各种失态的怪癖的，它会使我们表现出荒谬的举止，像孩子一般无赖、淘气、而自大；它是产生在眼睛里的，因此它像眼睛一般，充满了无数迷离惝怳，变幻多端的形象，正像眼珠的转动，反映着它所观照的事事物物一样。要是恋爱加于我们身上的这一种轻佻狂妄的外表，在你们天仙般的眼睛里看来，是不适宜于我们的誓言和身份的，那么你们必须知道，就是这些看到我们的缺点的天仙般的眼睛，使我们造成了这些缺点。所以，女郎们，我们的爱情既然是你们的，爱情所造成的错误也都是你们的；我们一度不忠于自己，从此以后，永远把我们的一片忠心，紧系在那能使我们变心也能使我们尽忠的人的身上，——美貌的女郎们，我们要对你们永远忠实；凭着这一段耿耿的至诚，洗净我们叛誓的罪愆。

公主　我们已经收到你们充满了爱情的信札，并且拜领了你们的礼物，那些爱情的使节；在我们这几个少女的心目中看来，这一切不过是调情的游戏，风雅的玩笑，和酬酢的虚文，有些夸张过火而适合时俗的习尚，可是我们却没有看到比这更挚诚的情感；所以我们才用你们自己的方式应付你们的爱情，只把它当作了一场玩笑。

杜　　公主，我们的信里并不只是一些开玩笑的话。

郎　　我们的眼光里也流露着真诚的爱慕。

罗　　我们却不是这样解释。

王　　现在在这最后一分钟的时间，把你们的爱给了我们吧。

公主　我想这是一个太短促的时间，缔结这一注天长地久的买卖。不，不，陛下，你毁过太多的誓，你的罪孽太深重啦；所以请你听我说，要是你为了我的爱，愿意干无论什么事情，——我知道这种情形是不会有的，——你就得替我做这一件事：我不愿相信你所发的誓，你必须赶快找一处荒凉僻野的隐居的所在，远离一切人世的享乐，在那边安心住下，直到天上的列星终结了它们一岁的行程，要是这种严肃而孤寂的生活，改变不了你在一时热情冲动之中所

作的提议；要是霜雪和饥饿，粗劣的居室和菲薄的

衣服，摧残不了你的爱情的绚艳的花朵，它经过了

这一番磨炼，并没有憔悴而枯萎；那么在一年终了

的时候，你就可以来见我，让我知道你已经实践我

要求你履行的条件，我现在和你握手为盟，那时候

我一定愿意成为你的；在那时以前，我将要在一所

惨淡凄凉的屋子里闭户幽居，为了纪念死去的父亲

而流着悲伤的泪雨。要是这一个条件你不能接受，

让我们从此分手；分明不是姻缘，要请你另寻佳偶。

王　　倘为了贪图身体的安乐，我拒绝了你这一番提议，

愿死的魔手闭上我的双目！从今以往，我的心永远

和你在一起。

裴　　你对我有什么话说，我的爱人？你对我有什么话说？

罗　　你也必须洗涤你的罪恶；你的身上沾染着种种恶德，

而且还负着叛誓的重罪；所以要是你希望得到我的

好感，你必须在这一年之内，昼夜不休地服侍那些

呻吟床榻的病人。

杜　　可是你对我有什么话说，我的爱人？可是你对我有

什么话说？

凯	一把胡须,一个健康的身体,一颗正直的良心;我用三重的爱希望你有这三种东西。
杜	啊!我可不可以说,谢谢你,温柔的妻子?
凯	不,我的大人。在这一年之内,无论那一个小白脸来向我求婚,我都一概不理睬他们。等你们的国王来看我们公主的时候,你也来看我;要是那时候我有很多的爱,我会给你一些的。
杜	我一定对你克尽忠诚,等候那一天的到来。
凯	不要发誓了,免得再背誓。
郎	玛莉霞怎么说?
玛	一年过去以后,我愿意为了一个忠心的朋友脱下我的黑衣。
郎	我愿意耐心等候;可是这时间太长了。
裴	我的爱人在想些什么?姑娘,瞧着我吧。瞧我的心灵的窗门,我的眼睛,在多么谦恭而恳切地等候着你的答复;吩咐我为了你的爱干些什么事吧。
罗	裴朗大人,我在没有识荆以前就常常听到你的名字,世间的长舌说你是一个骂世不恭的人物,满嘴都是借题隐射的讥讽和尖酸刻薄的嘲笑,无论贵贱贫富,

只要触动了你的灵机，你都要把他们挖苦得不留余
地。要是你希望得到我的爱，第一就得把这种可厌
的习气从你的脑海之中根本除去；为了达到这一个
目的，你必须在这一年的时期之内，不许有一天间
断，去访问那些无言的病人，和那些痛苦呻吟的苦
人儿谈话；你的唯一的任务，就是竭力运用你的才
智，逗那受着疾病磨折的人们一笑。

裴　　在濒死者的喉间激起哄然的狂笑来吗？那可是办不
到，绝对不可能的；谐谑不能感动一个痛苦的灵魂。

罗　　这是克服口头上的轻薄的唯一办法。自恃能言的傻
子，倘没有浅薄的听众随声哗笑，就只好收起他的
如簧之舌。如其耳朵里充满了自己的呻吟惨叫的病
人，能够忘却本身的痛苦，来听你的无聊的讥嘲，
那么继续把你的笑话说下去吧，我愿意连同你这一
个缺点把你接受下来；可是如其他们没有那样的闲
情听你说笑，那么还是赶快摔掉这种习气的好，我
看见你这样勇于改过，一定会非常高兴的。

裴　　十二个月！好，不管命运怎样把人玩弄，我要把一
岁光阴，三寸妙舌，在病榻之前葬送。

公主　　（向王）是的，我的好陛下；我就此告别了。

王　　　不，公主，我们要送你一程。

裴　　　我们的求婚结束得不像一本旧式的戏剧；有情人未成眷属，好好的喜剧缺少一幕团圆的场面。

王　　　算了，老兄，只要挨过一年就完了。

裴　　　那么这本戏演得又太长了。

　　　　【阿美陀重上。

阿　　　亲爱的陛下，准许我，——

公主　　这不是赫克脱吗？

杜　　　特洛埃的可尊敬的武士。

阿　　　我要敬吻你的御指，然后向你告别。我已经许下愿心，向雅昆妮姐发誓为了她的爱，我要帮助她耕种三年。可是，最可尊敬的陛下，你们要不要听听那两位有学问的人所写的赞美鸱鸮和杜鹃的一段对话？它本来是预备放在我们的表演以后歌唱的。

王　　　快叫他们来；我们倒要听听。

阿　　　喂！进来！

【霍罗芬斯，挪坦聂尔，毛子，考斯他特，及余人
等重上。

阿　　这一边是冬天，这一边是春天：鸱鸮代表冬天，杜
　　　鹃代表春天。春天，你先开始。

　　　　春之歌

当杂色的雏菊开遍牧场，

蓝的紫罗兰，白的美人衫，

还有那杜鹃花吐蕾娇黄，

描出了一片广大的欣欢；

听杜鹃在每一株树上叫，

把那娶了妻的男人讥笑：

咯咕！

咯咕！咯咕！啊，可怕的声音！

害得做丈夫的肉跳心惊。

当无愁的牧童口吹麦笛，

清晨的云雀惊醒了农人，

斑鸠乌鸦都在觅侣求匹，

女郎们漂洗夏季的衣裙；

听杜鹃在每一株树上叫，

把那娶了妻的男人讥笑：

咯咕！

咯咕！咯咕！啊，可怕的声音！

害得做丈夫的肉跳心惊。

    冬之歌

当一条条冰柱檐前悬吊，

汤姆把木块向屋内搬送，

牧童狄克呵着他的指爪，

榨来的牛乳凝结了一桶，

刺骨的寒气，泥泞的路途，

大眼睛的鸱鸮夜夜高呼：

哆呵！

哆喊，哆呵！它歌唱着欢喜，

当油垢的琼转她的锅子。

当怒号的北风漫天吹响，

咳嗽打断了牧师的箴言，

鸟雀们在雪里缩住颈项，

玛莉痕冻得红肿了鼻尖，

炙烤的螃蟹在镬内吱喳，

大眼睛的鸱鸮夜夜喧哗：

哆呵！

哆喊，哆呵！它歌唱着欢喜，

当油垢的琼转她的锅子。

阿　　听罢了爱坡罗①的歌声，迈邱利的语言是粗糙的。

你们向那边去；我们向这边去。（各下）

---

①爱坡罗（Apollo），希腊日神，亦为司音乐之神；迈邱利（Mercury），罗马司口才及工艺之神，又为诸神之使者。——译者注

附

录

关于"原译本"的说明

文 / 朱尚刚

朱生豪从 1935 年做准备工作开始，历时近十年，完成了 31 部莎剧的翻译工作，虽然最终未能译完全部莎翁剧作，但已经为将这位世界文坛巨匠介绍给中国人民做出了卓越的贡献。朱生豪译莎以"保持原作之神韵"为首要宗旨，他的译作也的确实现了这个宗旨，至今仍受到读者的欢迎和学界的高度评价。

朱生豪的译莎工作是在贫病交加、极端困难的情况下进行的。日本侵略者的炮火两度摧毁了他已经完成的几乎全部译稿和辛苦搜集起来的各种莎剧版本、注释本和大量参考资料，在最后为译莎而以命相搏的时候，手头"仅有的工具书，只是两本词典——牛津词典和英汉四用辞典。既无其他可以参考的书籍，更没有可以探讨质疑的师友"。而且他当时毕竟还是一个阅历不深的年轻人，虽然有着出众的才华，然而翻译作品中存在各种各样的缺陷和疏漏是完全可以想象的。

朱生豪的遗译最早于 1947 年由世界书局出版（收入除历史剧外的剧本 27 种），以后于 1954 年由作家出版社出版了包括全部朱生豪译作的《莎士比亚戏剧集》。上世纪60年代初期，人民文学出版社组织了一批国内一流的专家对朱译莎剧进行校订和补译，原打算在1964年纪念莎翁400周年诞辰时出版完整的《莎士比亚全集》，后因各种原因一直到1978年才得以问世。

《莎士比亚全集》的出版，是我国一代莎学大师通力合作取得的划时代的成就。经校订的朱译莎剧，在很大程度上纠正了原译本因各种主客观原因而产生的缺陷和疏漏，并体现了当时在英语语言和莎学研究上的新成果，是对朱生豪译莎事业的进一步提升和完善。我对这一代莎学前辈们的努力表示真挚的感谢和崇高的敬意！

上世纪九十年代后期，为反映新时代语言的发展和新的学术成果，译林出版社再次组织专家进行了对朱译莎剧的校订，并出版了新的校订本。

校订过程中除了对一些理解或表达方面的缺疵进行修改外，反映较多的是原译本中"漏译"的内容。实际上我相信朱生豪真正因为"疏忽"而漏译的情况即使不是绝对没有，也应该是极少的。我估计，有些地方可能是因为当时的客观条件实在太差，有些地方实在难以理解又没有任何资料可以查考，因此在不影响剧本相对顺畅性的前提下只能跳过去了。

而更多的情况下是有些内容和说法似乎有点"不雅",朱生豪出于中国传统的思维习惯,就把这些"不雅"的东西删去了。这种做法是否合适是有待商榷的,但也在一定程度上反映了那个特定的时代,特定的阶层,特定的译者的思维方式和特征。

莎士比亚的话题是说不尽的,同样,对莎士比亚的翻译和研究也是说不尽的。经校订的朱译莎剧无疑是对原译稿的改善,但从某种意义上来说,校订者和原译者的思维定式和语言习惯难免有所不同,因此也有读者感到经校订后的译文在语言风格的一致性等方面受到了影响,还有学者对某些修改之处也提出存疑。这些也是很正常的现象,再好的校订本也需要在实践和历史中经受检验,进一步地"校订"和完善。

也是出于这样的考虑,社会上对未经"校订"的朱生豪原译本也产生了相当的兴趣,希望能看到完全体现朱生豪翻译风格,能反映那个时代的语言习惯和学术水平的原译本,看到一个本色的朱生豪译本(包括他的错漏之处)。这在我们这个多元化的社会中应该是一个合理的希求。这次中国青年出版社出版这套原译本系列,正是顺应了这样一种需求,并借此来表达对我的父亲——朱生豪诞辰100周年的纪念之情。我对此表示真挚的谢意!

译者自序

（原文收录于1947年版《莎士比亚戏剧全集》）

　　于世界文学史中，足以笼罩一世，凌越千古，卓然为词坛之宗匠，诗人之冠冕者，其唯希腊之荷马，意大利之但丁，英之莎士比亚，德之歌德乎。此四子者，各于其不同之时代及环境中，发为不朽之歌声。然荷马史诗中之英雄，既与吾人之现实生活相去过远；但丁之天堂地狱，复与近代思想诸多抵牾；歌德去吾人较近，彼实为近代精神之卓越的代表。然以超脱时空限制一点而论，则莎士比亚之成就，实远在三子之上。盖莎翁笔下之人物，虽多为古代之贵族阶级，然彼所发掘者，实为古今中外贵贱贫富人人所同具之人性。故虽经三百余年以后，不仅其书为全世界文学之士所耽读，其剧本且在各国舞台与银幕上历久搬演而弗衰，盖由其作品中具有永久性与普遍性，故能深入人心如此耳。

　　中国读者耳莎翁大名已久，文坛知名之士，亦尝将其作品，译出多种，然历观坊间各译本，失之于粗疏草率者尚少，失之于拘泥生硬者实繁有徒。拘泥字句之结果，不仅原作神味，荡焉无存，甚且艰深晦涩，有若天书，令人不能卒读，此则译者之过，莎翁不能任其咎者也。

余笃嗜莎剧，尝首尾研诵全集至十余遍，于原作精神，自觉颇有会心。廿四年春，得前辈同事詹文浒先生之鼓励，始着手为翻绎全集之尝试。越年战事发生，历年来辛苦搜集之各种莎集版本，及诸家注释考证批评之书，不下一二百册，悉数毁于炮火，仓卒中惟携出牛津版全集一册，及译稿数本而已。厥后转辗流徙，为生活而奔波，更无暇晷，以续未竟之志。及三十一年春，目观世变日亟，闭户家居，摈绝外务，始得专心壹志，致力译事。虽贫穷疾病，交相煎迫，而埋头伏案，握管不辍。凡前后历十年而全稿完成，（案译者撰此文时，原拟在半年后可以译竟。讵意体力不支，厥功未就，而因病重辍笔）夫以译莎工作之艰巨，十年之功，不可云久，然毕生精力，殆已尽注于兹矣。

余译此书之宗旨，第一在求于最大可能之范围内，保持原作之神韵；必不得已而求其次，亦必以明白晓畅之字句，忠实传达原文之意趣；而于逐字逐句对照式之硬译，则未敢赞同。凡遇原文中与中国语法不合之处，往往再四咀嚼，不惜全部更易原文之结构，务使作者之命意豁然呈露，不为晦涩之字句所掩蔽。每译一段，必先自拟为读者，察阅译文中有无暧昧不明之处。又必自拟为舞台上之演员，审辨语调

之是否顺口，音节之是否调和。一字一句之未惬，往往苦思
累日。然才力所限，未能尽符理想；乡居僻陋，既无参考之
书籍，又鲜质疑之师友。谬误之处，自知不免。所望海内学
人，惠予纠正，幸甚幸甚！

　　原文全集在编次方面，不甚惬当，兹特依据各剧性质，
分为"喜剧"、"悲剧"、"杂剧"、"史剧"四辑，每辑
各自成一系统。读者循是以求，不难获见莎翁作品之全貌。
昔卡莱尔尝云，"吾人宁失百印度，不愿失一莎士比亚。"
夫莎士比亚为世界的诗人，固非一国所可独占；倘因此集之
出版，使此大诗人之作品，得以普及中国读者之间，则译者
之劳力，庶几不为虚掷矣。知我罪我，惟在读者。

　　　　　　　　　　　　　　生豪书于三十三年四月。

图书在版编目（CIP）数据

爱的徒劳 / （英）莎士比亚（Shakespeare,W.）著；
朱生豪译. —北京：中国青年出版社，2013.4
（新青年文库·莎士比亚戏剧朱生豪原译本全集）
ISBN 978-7-5153-1474-7

I. ①爱… II. ①莎… ②朱… III. ①喜剧－剧本－英国－中世纪
IV. ① I561.33

中国版本图书馆 CIP 数据核字 (2013) 第 044499 号

书　　名	爱的徒劳
著　　者	【英】莎士比亚
译　　者	朱生豪
审　　订	朱尚刚
责任编辑	庄庸　王昕
特约策划	张瑞霞
特约编辑	于晓娟
出版发行	中国青年出版社
社　　址	北京东四十二条 21 号
邮政编码	100708
网　　址	www.cyp.com.cn
门 市 部	（010）57350370
印　　刷	三河市君旺印刷厂
经　　销	新华书店
开　　本	700×1000　1/32
印　　张	4.75
字　　数	150 千字
版　　次	2013 年 6 月北京第 1 版印刷
印　　次	2013 年 6 月河北第 1 次印刷
印　　数	0,001－3,000 册
定　　价	19.80 元

本图书如有印装质量问题，请凭购书发票与质检部联系调换
联系电话：（010）57350337